東周列國誌

英雄輩出的年代

改寫＝管家琪

原著＝馮夢龍　繪圖＝陳維霖

中國經典大家讀

【推薦序】林文寶
（台東大學人文學院院長）

「黃河的源頭」、「盤古開天」和「后羿射日」等，是與大自然有關的故事；「一年三節和元宵節」的由來，則是跟節日相關的故事；「清廉公正的包拯」、「公而忘私的大禹」和「神醫李時珍」等，都是歷史上知名的人物；「七兄弟」、「臘八粥」、「等請客」和「金華火腿」等，則與市井小民的生活息息相關。這樣的故事很多，有的於史有據，有的則屬稗官

野史，有的是民間傳說，不論如何，都充滿趣味，且蘊含許多先民的人生智慧，是值得好好閱讀的敘事故事。

這些過去記載在古籍裡的事蹟，常常掛在人們嘴上的故事，它是我們生活中共同的記憶，在全球化日漸普及的日子，曾幾何時，似乎已在慢慢的淡出我們的生活，一群人在榕樹下圍坐著老者聽故事的情景不再，電視上時常播出的古典名劇，例如《包公傳奇》，也多日不見。取而代之的是，外來文化的進入，新一代盲目的崇拜，造成強勁的「哈日風」吹起，波波的「韓流」來襲，西方文化更早影響了我們的生活，讓幾代以來的人忘了原有的東西。我們的生活因而充滿外來的話語或者術語，讓人人似乎都得了失語症，原來的那些共同記憶不見了。

在全球化的潮流裡，外來文化的進入，實難以避

免，也不可能阻擋，然而這並非說，我們只能消極的接受、盲目的迎合，而是可以有所選擇，採取截長補短的態度，讓我們的文化得以發揚和傳承。

這可以經由鼓勵閱讀來逐步恢復，而且要從小做起。

其實，閱讀的活動早在我們的社會中推行許久，只是閱讀有各種不同的目的：或為考試，或為充實自己，或為文化傳承；在功利主義的作祟下，有為了充實自己而閱讀，其理由當然可喜，偏偏許多是為了考試，從小養成，進而造成了許多偏差的觀念，上述的崇拜因此形成，傳承文化的目的當然就被拋之腦後了。

若為了傳承文化的目的，找回我們的共同記憶，書目的決定可是非常的重要。儘管可以閱讀的書籍很多，蘊含許多趣味和人生智慧的敘事故事，卻是非讀

不可的對象，因為它們具有永恆性和民族性，能夠經歷千年百年的考驗和焠煉，是絕對不可割捨的文化基因和先民智慧。在我們傳統的敘事故事裡，不論是口傳、短篇或者長篇的，就有許多這樣的敘事智慧，有些已經成為某種典故，例如「等請客」的故事，乃來自「三叔公躺在棺材裡，等請客」這句話，意在諷刺那些動不動就等著別人請客的人。

我國向來重視人文教育，它是我國歷來教育的特質。這是一種人文的修養，講究做人的道理與方法：懂得如何做人，才是最高的知識；學如何做人才是最大學問，尤其在外風進入時更需要深化。為了讓國小高年級以上的學生能閱讀這些敘事智慧，幼獅文化公司改寫了這些傳統文學，編輯成這一套「典藏文學」系列，計有十八本。內容特別強調故事性，都是最有名的故事片段；讀者透過簡潔扼要的文字內容，不只

能提升閱讀文學的樂趣，還能在這些傳統文學裡浸泡，熟悉和了解這些故事的內涵，更能夠吸收到裡頭的精華，進而體悟到其中的人生智慧和哲理，於是乎所謂的文化傳承或者共同記憶，因此產生。

經典文學離我們並不遠

【總序】

管家琪

　　中文是聯合國所定的五種官方語言之一，「漢語熱（也就是中文熱）」更已是一種全球性的熱潮。照理說我們都很幸運，生來就能掌握這麼重要、這麼美的一種文學。但是，所謂「掌握」，也僅僅是「會」的意思，可不一定保證就一定能學得好。想要學好中文，一定得大量的閱讀。

　　任何一種文字，任何一種語言，都不會只是一種單純的工具，它們所代表的是背後的文化，只有了解和熟悉了文化，才可能真正學得好。在這種情況之下，課外閱讀的重要性自然不言可喻。特別是對於經

典文學的閱讀。

經典文學不但是語文的基礎，也是精神文明的基礎。經典文學離我們並不遠，它們就存在於我們的生活之中。譬如我們現在所經常使用的成語和俗語，必定有一個典故，這些典故就都是在經典文學裡。我們可以非常肯定的說，只要是在中文的環境，經典文學將永不消失，只會歷久彌新。

「中國故事寶盒」（一共十二冊）自二〇〇三年九月出版以來，受到很好的回響，還有大陸簡體字版、馬來西亞版以及香港版等不同的版本，此番我們沿續廣受歡迎的「強調故事性」的風格，又挑選了六本同樣是故事性很強、又特別精采的中國古典文學，改寫成小朋友和青少年適讀的版本。希望小朋友和青少年朋友都會喜歡我們為你精心準備的這些精神食糧，並能從中獲得營養，既豐富你的精神生活，也提升你的語文能力。

目錄

英雄輩出，群星燦爛

【前言】＝管家琪

西周王朝最後一個君王叫作周幽王，他是一個昏庸暴戾的君王，最後被攻入王宮的申侯及犬戎的聯合軍隊殺死。周幽王一死，周王朝的鼎盛時期也就此結束。周幽王的兒子平王繼位後，將王都東遷至洛陽，這就是歷史上定義的東周的開始。

《東周列國誌》寫的就是西周結束至秦統一六國，包括春秋、戰國五百多年間的歷史故事，內容相當豐

富且複雜。

早在元代就有一些有關列國的故事在民間流傳，到了明代嘉靖、隆慶時期，余邵魚編寫了一部《列國誌傳》，將許多有關列國的故事統統蒐集起來。後來，明末的馮夢龍又依據史料對《列國誌傳》加以修改和潤飾，成為一百零八回的《新列國誌》。至清乾隆年間，蔡元放又對此書做了修改，並定名為《東周列國誌》。

截至目前為止，《東周列國誌》仍是一般社會大眾想要了解有關春秋戰國時代歷史的極佳讀本。

在《東周列國誌》所敘述的五百多年之間，真可說是英雄輩出，群星燦爛。我們現在耳熟能詳的許多成語，也都是出自這個時期的故事。

為便於生動敘述，我們以人物為主，再由人物來帶出故事。這些人物和這些故事，一個個都是那麼的令人難忘。

周室東遷

周朝自武王伐紂，滅了商朝，即天子位以後，一連好幾世都是賢明的君主，再加上有周公等一大群既忠心又能幹的大臣輔佐，維持了好長一段時間的盛世，老百姓也都安居樂業，過著幸福的日子。

武王八傳至夷王，情況開始有所變化，由於君王軟弱，諸侯漸漸強大起來。到九傳厲王，情況更糟，厲王暴虐無道，竟然被國人所殺。這也是往後千百年民變的開始。

厲王死後，幸虧大臣們同心協力，穩住政局，並趕緊立太子靖爲王，是爲宣王。一朝天子都是英明有道，周室頓時又呈現出一副中興的氣象，然而實際上卻也不盡然。

宣王三十九年，姜戎抗命，宣王御駕親征，吃了敗仗，部隊傷亡慘重。宣王又氣又惱，不顧太宰仲山甫的反對和勸諫想要盡速再度出兵，但又擔心士兵和糧草不夠，於是親自料民於太原。太原，正是鄰近戎狄之地。所謂「料民」，則是一種關於男丁和糧草數量的調查，掌握了確實的資料，才能便於徵調出征。

這天晚上，宣王從太原料民回來，眼看離國都鎬京已經不遠，於是催促車隊，連夜進城。

剛進入城裡，看到幾十個孩子正在街上玩耍，一邊玩，一邊還拍手唱著童謠，非常整齊畫一。宣王覺得有趣，便下令車隊暫時停下來，仔細聆聽。

這一聽可不得了，宣王立刻臉色大變。原來，孩子們所唱的童謠，竟然是這麼幾句話：

「月將升，日將沒；檿（ㄧㄢˇ）弧箕箙，幾亡周國……」

宣王大怒，這是什麼童謠？簡直是大逆不道！於是立刻下令把街上的孩子統統抓來，他要好好的問一問！

孩子們嚇得四處奔逃，士兵們抓了半天，只勉強抓到兩個跑得慢的，把他們押到宣王的面前。兩個孩子可憐兮兮、眼淚汪汪的跪在那兒，渾身發抖，不知道自己到底闖了什麼大禍？

宣王厲聲問道：「你們剛才唱的那首童謠，是誰編的？」

兩個孩子中，年紀小的那一個，嚇得早已無法言語，年紀稍微大一點的只好鼓起勇氣回答道：「不是我們，是別人教我們的……」

宣王又問：「別人？是什麼人？」

「不知道，不認識，和我們差不多大，穿著紅衣服……」

一個穿著紅衣服的孩子？

「那個小孩現在在哪裡？」

「我們實在不知道啊！三天前，那個小孩教我們唱，很快滿京城的小伙伴都會唱了，然後那個小孩就走了，沒人知道他到哪裡去，之前也沒人認識他。」

宣王皺起了眉頭，滿心不悅，覺得這件事實在是太奇怪了，但顯然一時也問不出什麼名堂，只好大罵幾句之後，就把兩個孩子趕走了。同時，立刻下令不准任何小孩再唱這首童謠，若哪家小孩膽敢再傳唱，他的父親和兄長就要一起被治罪！

宣王悶悶不樂的回到宮中。第二天早朝，趁著三公六卿都齊集殿下的時候，宣王把昨天夜裡聽到的那首童謠說出來，要大家解釋看看，到底是什麼意思？

大宗伯召虎首先說：「『檿』，是山桑木的名字，可以爲弓，所以叫作『檿弧』，『弧』指的就是木製的弓。『箕』是一種草的名字，韌性很好，可以用來編織成箭

袋，所以叫作『箕箙』。依臣的愚見，這首童謠是說：國家恐怕會有弓矢之變啊！」

太宰仲山甫非常贊同這種觀點，跟進道：「弓矢，是國家用武之器。王今料民太原，一直想著要報犬戎之仇，可是若戰事不斷，恐怕就會有亡國的隱憂啊！」

這段期間以來，太宰仲山甫不止一次進諫，反對宣王料民太原，對犬戎發動進一步的軍事行動，但宣王總是不聽，可是現在聽了大宗伯召虎和太宰仲山甫對童謠的解釋後，宣王沉默了，甚至還點了點頭，表示認同。

沉默了一會兒，宣王又問：「街上那些小孩說，這首童謠是一個穿紅衣服的陌生的小孩教的，教完就不見了，這又是怎麼回事？」

太史伯陽父稟奏道：「凡是大街小巷所流傳沒有根據的話，稱作謠言。我聽說當上天要儆戒人君的時候，就會命熒惑星化作小孩的模樣，造作謠言，使許多孩子

都跟著學習，這就稱作童謠……」

（「熒惑」一詞，本來就是「眼光迷亂」和「疑惑」的意思。）

宣王聽到這裡，就已心頭一震，太史伯陽父仍繼續說道：「熒惑星屬於火星，所以才會化作身穿紅衣的小孩，這一點是非常吻合的。至於那些童謠的內容，小則寓一人之吉凶，大則繫國家之興敗。因此，依愚臣看來，今天在市井傳唱的亡國之謠，恐怕就是上天特意來儆戒大王的呀！」

儆戒什麼呢？宣王首先想到的，就是也許自己該採納太宰仲山甫等群臣的意見，不要再勞民傷財發動戰事了。

宣王慎重其事的問道：「如果我現在赦免了犬戎之罪，不再興兵，然後將武庫內所藏的弧矢，全部燒掉丟棄，而且下令今後舉國之內不許再造賣弧矢——這樣應該

就可以消弭災禍了吧？」

不料，太史伯陽父卻回答道：「臣觀天象，惡兆已經形成，而且似乎是在王宮之內，和王宮之外有關弧矢之事好像沒有什麼關係。」

宣王一臉困惑，「你的意思是——」

太史伯陽父一語驚人道：「我認爲所謂的惡兆，是說後世必有女主亂國之禍！」

宣王嚇了一大跳，「你是如何做出這樣的判斷？」

太史伯陽父解釋道：「童謠中說『月將升，日將沒』，『日』本來就是象徵人君呀！如果日沒月升，陰進陽衰，豈不就是意味著女主干政嗎？」

「可是——這怎麼可能呢？」宣王說：「皇后那麼賢德，所謂的『女禍』從何而來？」

伯陽父說：「童謠中是說『將升』和『將沒』，表示不是現在的事，且既然說是『將』，就是說有可能會這

樣，但不一定非這樣不可。我認爲只要大王從今天開始好好修德，不要再大動干戈，自然可以逢凶化吉，至於弧矢倒不需要焚毀丟棄。」

宣王不置可否，半信半疑，在很不痛快的情況之下起駕回宮。

見到皇后（姜后）之後，宣王把群臣對於「紅衣小兒教唱童謠」的種種討論，都告訴姜后。

姜后說：「這實在是太奇怪了！不過，宮裡也發生了一件怪事——」

「什麼事？」宣王隱隱有一種頗爲不祥的感覺。

姜后說：「有一個先王在世時的老宮女，現年五十多歲，她自先朝時就懷孕，懷了四十幾年，到昨天夜裡才生下一個女嬰——」

「什麼！」宣王大爲震驚，「居然會有這種事？那個女嬰呢？」

姜后後：「我心想那個女嬰一定是不祥之物，一生下來，我就命人用草席包裹起來，拋棄於二十里外清水河中。」

宣王隨即趕緊下令把那個老宮女找來，親自詢問她懷孕的經過。老宮女便詳細敘述了自己離奇懷孕的故事。

這還得從一千年前的夏朝開始說起。

傳說在夏桀王末年，褒城有神人化爲兩條龍，降於王廷，一邊流著口水，一邊忽然說起人話，對著桀王說：「我們是褒國的兩個國君！」

桀王十分恐懼，想命人殺了這兩條龍，命太史占卜一番，太史卻說不能殺，如果殺了這兩條龍是很不吉祥的。

那麼，如果是把兩條龍趕走呢？占卜結果，還是不吉。

桀王既害怕又惱怒。不能殺，又不能趕走，那到底該怎麼辦？

太史或許是看到兩條龍不斷滴滴答答流著口水，得到了一個靈感，建議桀王不妨把兩條龍的口水收集一些，然後珍藏起來。經過占卜，這種作法居然得出大吉的結果。於是，桀王果眞先在兩條龍的面前隆重設祭，再命人用金盤收集了不少兩條龍的口水，然後裝進一個紅色的木匣裡。

剛這麼一做完，忽然風雨大作，兩條龍就飛走了。

這個紅色的木匣就一直在王宮裡被珍藏起來。

桀王是夏朝最後一個君主。夏朝滅亡之後是商朝，商朝持續了六百多年也滅亡了。接下來就是周朝。這樣又過了將近三百年，到了厲王末年，這紅色木匣忽然放出微弱的光芒，負責管理皇宮所有物品的掌庫官急忙向厲王報告。當厲王得知木匣裡裝著的居然是那麼久以前

的兩條龍的口水，非常好奇，就命掌庫官打開來看看。

掌庫官小心翼翼打開木匣，用金盤接住兩條龍的口水（不知道有沒有味道？），再小心翼翼的呈給厲王。可是厲王接過來時，一個不小心，竟然失手把金盤掉在地上，兩條龍的口水也因此四濺。忽然，有些口水自動匯聚在一起，很快的竟變成一隻黑鼈，在宮廷裡亂爬。在大家的尖叫和驅趕聲中，黑鼈爬進王宮之後，才一眨眼的工夫就不見了。

混亂之中，一個年僅十一、二歲的小女孩，無意間踏到黑鼈爬過的足跡，心中頓時產生一種奇異的感覺，從此肚子竟逐漸大了起來，就好像是懷孕一般。厲王知道之後，就把小女孩關了起來。小女孩就這樣在幽室被囚禁了四十幾年，轉眼都成爲一個白髮蒼蒼的老婦，大了幾十年的肚子才終於有了動靜，並產下一名女嬰。

宣王又立刻命人去清水河查看有沒有女嬰的下落，

但侍者回報什麼也找不到。

宣王心想女嬰不是被河水沖走，就是已沉於河底，反正一定是活不成了。沒想到翌日早朝，命太史伯陽父占卜，得出的結論竟然是「妖氣雖已出宮，但並未徹底除去」！

宣王聞訊之後的反應非常複雜。既失望，又不快，還頗爲害怕，遂下令不管城內城外都要挨家挨戶查問那個女嬰的下落，死活不拘，並自即日起，再也不許造賣山桑木弓和箕草箭袋，違者立刻處死，絕不寬貸！

官吏們忙了半天，查尋那奇異女嬰的事沒有什麼頭緒，相比之下，「不許造賣山桑木弓和箕草箭袋」這一道命令就容易執行得多了。

很快的，城裡的百姓都知道了這條禁令，但是鄉村地區很多百姓則還一點也不知道。結果，有一個倒楣的婦人就因此而丟了性命。

就在公布禁令之後第二天，有一對夫妻，一大早就從遠鄉趕往鎬京，想趕在日中以前進城做生意。不幸的是，他們什麼生意不好做，偏偏就是做造賣山桑木弓和箕草箭袋的生意。兩人還沒進城，就被官吏給發現了，官吏看到一個婦人，抱著幾個箕草編織而成的箭袋，匆匆往城裡趕，後面跟著一個男子背著十來把山桑木弓，馬上大喝一聲：「拿下！」婦人還沒搞清楚是怎麼回事就被抓住了，她的丈夫大驚失色，丟下那十來把桑弓，轉身就跑，倉皇逃命去了！

官吏心想，既然太史說是「女禍」，又捕獲桑弓和箕袋，應該可以交差了，往上奏報時就故意隱瞞還有一個男子同行且已逃跑，以免宣王怪罪。宣王下令立即將那婦人斬首，並在市集當眾焚毀桑弓和箕袋，以示對所有百姓的警告。

而那賣桑弓的男子一路沒命似的奔逃，到了夜裡停

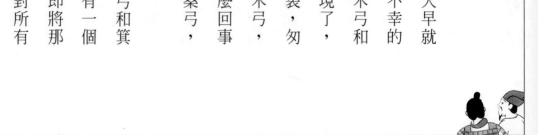

下來時已是距離鎬京十里之外。他一邊惦記著妻子，一邊惶惑不解，不知道他們究竟犯了什麼罪。到了翌日清晨，聽到有人說：「昨天在北門抓到一個婦人，違禁造賣桑弓箕袋，抓到不久就處決了……」男子這才知道妻子已經死了，而且也知道他們做了一輩子的生意，現在突然變成違法的了。

他不敢久留，繼續向前跑，希望能離鎬京愈遠愈好，他再也不敢也不想上鎬京了。

又跑了將近十里，來到清水河邊，遠遠就看見百鳥飛鳴，走近一看，發現原來是一個草席包兒，浮在水面，眾鳥齊心協力的似乎想用嘴把這草席包兒銜起來，銜不起來他們就邊銜邊叫，一點一點的把草席包兒往岸邊拖。

那男子覺得很奇怪，走進水裡，先把眾鳥趕走，再把草席包兒抱起來，回到岸邊解開一看，只聽見一聲啼

哭，原來是一個出生不久的嬰兒，再仔細一看，是一個女嬰。

男子心想，這個女嬰不知道是什麼人，被什麼人家所拋棄，但是光從剛才眾鳥想合力把她銜出水面的奇異景象看來，這個孩子長大之後必定是大富大貴之人，不如把她帶回去撫養，將來自己的晚年也好有個指望。

男子打定主意，用布衫把女嬰包裹起來，抱在懷裡，神情茫然的想著今後該何去何從？老家是不敢回去了，最好是躲到另外一個地方，這樣才會比較安全。他想了半天，想到在褒國有認識的人，而褒國離這裡也不遠了，便決定還是逃到褒國去吧。

一晃好幾年過去，宣王已經過世，他的兒子繼位，是爲周幽王。就在周幽王繼位之後的第二年，都城鎬京和涇水、渭水、洛水流域竟接二連三都發生了大地震。太史伯陽父對此憂心忡忡，認爲這是天地間陰陽二氣失

調所致，是一種非常不祥的預兆。

伯陽父還說，「山崩川竭」是亡國的象徵，從前伊水和洛水竭而夏朝滅亡，河竭而商亡，現在周朝也出現了極其類似的現象，看來周朝也注定要滅亡了！伯陽父甚至還提出了一個非常明確的數字，預估周朝的滅亡將不出十二年！

周幽王是一個荒淫無道的昏君，做了很多天怒人怨的事。有一位大臣，勇敢的不斷勸諫幽王，幽王非但不聽，反而惱羞成怒下令把大臣關起來，一關就是三年。這位大臣姓褒，是褒國人，褒國人民爲了營救他，想盡了一切辦法，最後決定投幽王所好，找來一個美豔絕倫的女子，送給幽王，以此來換取褒姓大臣的自由。

由於這個美女是褒國送來的，所以就被稱作褒姒。

實際上，褒姒就是當年那個在母親體內待了四十年，一出生就被丟進水裡長達三天，卻還大難不死的女

嬰！

周幽王自從得到褒姒之後，對她非常寵愛，馬上把她立爲王妃，不久褒姒就生下一個兒子，名叫伯服。

褒姒有一個特點，那就是人雖然長得很漂亮，卻總是一副冷若冰霜的樣子，從來不笑。爲了博她一笑，周幽王想了好多辦法，可是都沒有作用。這時，最受幽王信任的一個奸臣虢（ㄍㄨㄛˊ）石父，居然建議幽王，何不利用烽火台來逗美人一笑？

這實在是一個荒唐透頂的餿主意！烽火台在當時相當於一種警報系統，如果京城出現了危急狀況，只要趕緊在烽火台點起烽火（其實也就是燒狼糞，因爲只有用狼糞燒出來的「狼煙」能夠直沖雲霄，使得在遠處的人也能清晰可辨），然後再像接力似的，一個一個的烽火台不斷傳下去，這樣就可以在很短的時間之內把「天子有難，請立刻趕往京師救駕」的消息，傳給各地的諸侯。

這麼重要的警報系統，怎麼可以拿來開玩笑？

可是昏庸的幽王卻鬼迷心竅的採納了這荒唐的建議，帶著心愛的褒姒，登上了驪山烽火台，然後命令守衛的士兵點燃烽火！

各地諸侯一見到警報，以爲是犬戎進犯鎬京，果然立刻都帶著要大隊兵馬火速趕來救駕。幽王和褒姒居高臨下，把各路人馬朝鎬京集結的情形看得一清二楚，覺得很有趣。等到諸侯們率軍趕至驪山腳下，卻連半個敵人的影子都沒見著，都弄不清到底是怎麼回事，等到發現原來竟是被幽王和褒姒戲弄，眾人都十分錯愕。驚訝之餘，當然也非常氣憤，只是又不好發作，只好一個個憋著一肚子氣迅速率軍離開。

褒姒看到這些諸侯軍就這樣被招之即來，揮之即去，覺得很好玩，終於粲然一笑。

這一笑，虢石父可得意啦，因爲證明了自己的計策

有效，而看到褒姒笑得那麼美，幽王高興得簡直是連魂兒也沒有了。從此，爲了逗褒姒開心，希望博褒姒一笑，幽王隔沒多久就命士兵點燃驪山烽火台，整整諸侯們來取樂。漸漸的，諸侯們弄清了幽王的把戲，上當的人愈來愈少，幽王自食惡果的日子也逐漸逼近……

為了討好褒姒，幽王毫無道理的廢掉申后和太子宜臼，而讓褒姒當了王后，並立伯服爲太子。由於此舉招致所有人的反對，惱羞成怒的幽王索性下令連帶廢掉申后的父親申侯的爵位，甚至還打算出兵去攻打申侯。然而，申侯事先得到情報，決定先發制人，聯合了鄫國及西北夷族犬戎之兵，於西元前七七一年進攻鎬京。

幽王急急忙忙下令點燃烽火，希望各地諸侯趕來救駕，解除危機，可是，諸侯們因爲被戲弄的次數太多，總以爲這一次又是假的，願意趕來的諸侯零零落落，少之又少，根本不足以平亂。

於是，申侯很快就把幽王殺死在驪山腳下，並且俘虜了褒姒，再衝進王宮，先把所有府庫裡的金銀財寶搶劫一空，最後再放一把火把王宮燒得乾乾淨淨。等到各地諸侯終於明白這一次幽王是眞的需要救援，而紛紛趕來時，一切都已經太遲了。

這就是「一笑傾城」和「一笑傾國」的典故。

等到亂事平息之後，申侯和其他大臣共立原來的太子宜臼爲天子，於西元前七七〇年在申城（今河南省南陽市北）即位，這就是周平王。

由於鎬京已遭戰事嚴重破壞，周朝西邊大多數的土地也都被犬戎所占，周平王惟恐鎬京難保，隨即決定在秦國的護送下遷都洛邑（今河南省洛陽），並且在鄭、晉的輔助下立國。

東遷後的周朝，史稱東周。

一鳴驚人的楚莊王

楚莊王是春秋時期極有作爲的國君，也是「春秋五霸」之一。

（另外四位榜上有名的君王則是齊桓公、晉文公、吳王闔閭和越王勾踐。）

楚莊王即位的時候年紀很輕，還不到二十歲。他從即位的那一天開始，就成天只曉得吃喝玩樂，和後宮佳麗們廝混，完全不理朝政，不問國事，甚至還威嚇大臣們，凡是要來做什麼進諫，打擾他玩樂，就一律斬首，格殺勿論！

楚莊王就這樣玩了三年。這種情形，看在許多大臣

的眼裡，都非常憂心。楚國在經過文王和成王的用心耕耘之後，到了穆王（也就是楚莊王的父親），發展已出現停滯的現象，大臣們原本寄望楚莊王能夠有一番作爲，沒想到這位年輕的君主只知道享樂，只知道玩！

這天，大夫伍舉實在看不過去了，想要開導開導楚莊王。但是，他也不敢板著臉孔硬邦邦的和君王說教，那樣豈不是明擺著和自己的腦袋過不去？伍舉一開口，是說要讓楚莊王猜一道謎語。

這道謎語的謎面是：「有一隻大鳥，停在我們楚國，可是一停就停了三年，這隻大鳥既不飛也不叫，請問這是什麼鳥？」

這樣的暗示實在是太明顯了。楚莊王說：「你放心吧，此鳥三年不飛，飛必沖天，三年不鳴，鳴必驚人！」

（這就是「一鳴驚人」的典故。）

多麼簡潔的回答，多麼豪情萬丈的回答！

伍舉一聽，非常高興，連連說：「此鳥一旦飛鳴，必是我們楚國之福啊！」

伍舉滿懷期望的退下，可是幾個月過去，那隻大鳥仍然不飛也不叫，還是像以前一樣渾渾噩噩的過日子。伍舉寒透了心，覺得這個君王已經沒救了。這時，另一位大夫蘇從，認爲無論如何都不能對君王如此荒唐的行爲視若無睹，決定還是要盡力去勸諫，盡到一個臣子的本分。

蘇從不擅比喻，也不擅說故事，只憑著忠肝義膽，打算對楚莊王進行一番死諫。於是，他慷慨激昂的把楚莊王教訓了一頓，直接了當的勸說大王應該多關心國事，節制享樂。

蘇從說得正義凜然，令楚莊王的面子實在很掛不住，差一點就在惱羞成怒的情況下把蘇從給殺了。不過，令所有的人都沒想到的是，楚莊王非但沒有殺蘇

從，好像還眞的被蘇從給罵醒了，從此結束了過去那種荒唐靡爛的生活方式，重用了一批像蘇從、伍舉這樣正直賢能的人，認認眞眞的開始做一個好君主，經過幾年的勵精圖治，楚國果然出現了一副繁榮富強的景象。

其實，那些忠臣都錯看了楚莊王。楚莊王本來就是一個很有抱負的君主，他在即位後，之所以長達三年「不飛不叫」，是一種策略，是故意裝出來的。因爲當時楚國境內政治矛盾非常嚴重，一些位高權重的臣子根本不把這個年輕的君主放在眼裡，楚莊王自忖如果在自己羽翼未豐的情況之下，就急著亂飛亂叫，只怕隨時有可能被罷黜，因此才故意裝出胸無大志、無心過問朝政的樣子，讓那些政治敵人放鬆對自己的警惕，自己也才能在暗中逐漸削弱那些把持朝政的惡勢力。等到站穩了腳跟，楚莊王自然就是要飛就飛，要叫就叫了。

還有一句成語「問鼎中原」（比喻有奪權的野心，或是在某一個領域取勝），也是源自楚莊王的故事。

相傳當年夏禹治水有功，被禪立爲王，九州（代表中國各地）各部落領袖爲表示對禹的尊敬，紛紛把他們的藏金（也就是青銅）獻給禹。同時，各地的酋長也進奉他們各族的圖像。夏禹遂運用這些青銅，鑄造了九座大鼎，並把各種圖像裝飾到鼎上，用來象徵九州，而這九個大鼎也被當成是國家政權的象徵而代代相傳。

楚莊王八年（西元前六〇六年），楚莊王成功征討戎族之後，趁勢沿洛河北上，然後在周朝都城的郊外，舉行大規模的閱兵儀式，向周天子耀武揚威，帶著濃厚挑釁的意味。

周天子派出一個名叫王孫滿的大臣來到楚軍軍營，表面上是要犒勞楚軍，實際上也是想來探探楚軍的虛實，以及楚莊王的意向。

不料，楚莊王在言談間，竟大模大樣的向王孫滿問起周天子九鼎的大小輕重。王孫滿一聽，臉色立刻陰沉了下來。

值此春秋時代，儘管周天子已沒有往昔的威風，在名義上畢竟仍是各路諸侯的主子，按規定諸侯禮器的大小輕重，是不可以超過周天子的，而「問鼎」也會被解釋成是有覬覦皇權的意思，簡直就是有些大逆不道。

王孫滿非常嚴肅的說：「治理國家在於道德，而不在鼎的大小，更何況做諸侯的不該打聽天子所擁有的鼎的大小！」

楚莊王以狂傲的口氣接口道：「問問有什麼關係？我楚國若眞要鑄造九鼎有什麼難？只要把所有士兵刀劍上的尖刃銷毀也就足夠了！」

言下之意，無非是在炫耀楚國軍事力量的強大。

王孫滿卻依然義正詞嚴的說：「是啊，以楚國的實

力，要鑄鼎是不難，但周天子能擁有天下，是在德不在鼎，只要天子道德美好，即使鼎很小，也不會被別人輕易移走，如果天子道德敗壞，即使鼎再重也沒用，也會被別人給輕易奪去！」

於是，楚莊王「問鼎」就討了個沒趣，但「問鼎中原」一詞卻永遠流傳了下來。

齊桓公稱霸

齊桓公能夠成就一番霸業，和管仲的輔佐有密不可分的關係，而齊桓公能夠重用管仲，也正顯示出他的氣度不同於一般，因爲，管仲曾經一箭射傷過他，差一點就要了他的命。

事情還得從頭說起。

齊桓公是齊襄公的弟弟。齊襄公當年還在做太子的時候，與一個叫作無知的堂弟打鬥，結下了仇。後來，無知竟伺機刺殺了齊襄公，自立爲齊國的國君。巨變發生之後，齊襄公的弟弟們惟恐受到波及，紛紛出逃至別的國家。公子糾的母親是魯國國君的女兒，於是公子糾很自然的就躲到魯國，管仲和召忽都跟在公子糾的身邊，盡心盡力的輔佐公子糾。公子小白則躲到了莒國，

跟在他身邊負責輔佐的人是鮑叔牙。

無知在王位上沒坐多久，有一天到雍林去玩（雍林是齊國的一個封邑），遭到與他有宿怨的雍林人的襲擊而身亡。雍林人告訴齊國的大夫們，說因爲無知犯上作亂，才會被殺死，現在請他們趕緊在諸位公子中挑選一位合適的人選，重新立爲國君。

大夫高傒與公子小白向來關係良好，得到這個消息以後，馬上派人通知公子小白火速回國繼位。

另一方面，魯國國君也得到了這個消息，也趕忙派兵護送公子糾想趕回齊國去繼位。於此同時，管仲還奉命帶著士兵埋伏在從莒國至齊國的要道上，打算進行攔截。

當公子小白一行人出現的時候，管仲一箭射去，剛巧正中小白身上的衣帶鉤。小白急中生智，乾脆倒下裝死，居然還眞的騙過了管仲。魯國護送公子糾的那一行

人聽說公子小白死了，都很高興，先前急急趕路的步伐也不知不覺慢了下來。萬萬沒想到，當他們回到齊國的時候才赫然發現，公子小白不但沒死，反而還已經趕在他們前面回到了齊國，且被高傒等人奉立爲國君了。

這就是齊桓公。

魯國人自然惱羞成怒，魯軍與齊軍也隨後開戰。戰爭結果，魯軍大敗，齊軍趁勝截住魯軍退路。齊桓公遂寫了一封信給魯國國君，說公子糾是他的同胞兄弟，他不忍心殺害，請魯國代爲把公子糾處死，至於召忽和管仲，則請魯國一定要交出來，他要親自把他們剁成肉醬！齊桓公並且威嚇道，如果魯國國君沒有辦法滿足他的要求，他就要命令齊軍立刻向魯國都城發起猛烈的進攻！

召忽感到難逃一死，索性自我了斷，管仲則是束手就擒。據說，管仲這麼做，是相信好友鮑叔牙一定會在

齊桓公的面前爲自己說話。

果然，鮑叔牙對齊桓公說：「您現在已高居齊國國君之位，我再也沒有能力能夠使您更加尊貴了。如果您只想治理好齊國，僅僅在齊國稱王，那麼，有我和高傒來輔佐您就已足夠，可是如果您有志於在諸侯中稱霸，那就一定要用管仲不可！管仲確實是一個不可多得的人才啊！管仲爲哪一個國君出主意，那一個國家就一定會強盛，請您千萬三思，不要輕易殺他啊！」

齊桓公果眞被說動了，便順水推舟說道：「其實我說要殺他只是氣話，我知道他是一個人才，早就想重用他了。」

當管仲以階下囚的身分被押送到堂阜的時候，鮑叔牙立即迎上前來，親自爲他卸去手鐐腳銬。到了都城以後，鮑叔牙又馬上爲管仲安排沐浴更衣，拜見桓公。

第二天，齊桓公就舉行了十分隆重的儀式，拜管仲

爲大夫，恭恭敬敬的請管仲主持國政。

在管仲的輔佐之下，後來齊桓公果然成爲諸侯公認的霸主，開始號令天下。

馮諼收債

戰國時期有四個著名的公子，所謂「公子」就是貴族，是國王的親戚，分別是齊國的孟嘗君、魏國的信陵君、趙國的平原君和楚國的春申君。

當時，盛行養士之風，有地位的人家裡都養著一批「門客」，實際上也就是「食客」。在四大公子中，以孟嘗君最爲慷慨大方，所以門客最多，鼎盛時期竟高達三千人。

孟嘗君根據這些門客的本事，把他們大致分爲三等，分別住在傳舍、幸舍和代舍。

這些門客眞是形形色色，什麼樣的人都有，甚至還有一些「雞鳴狗盜」之徒；這句成語就是源自孟嘗君養士的故事，大致是說有一回楚昭王對孟嘗君動了殺機，

多虧孟嘗君門客中有人半夜學狗叫，從牆洞爬進秦宮的寶庫，偷出早已送給秦王的一件白狐皮袍，再轉送給秦王寵愛的燕姬，請燕姬幫忙說好話，後來在逃亡途中又靠著一個門客學雞叫，騙過函谷關守關士兵，讓士兵提早大開關門，孟嘗君才得以安全脫險。

「雞鳴狗盜」一詞遂被用來形容那些爲達目的而使用一些不正當小伎倆的人。

不過，在孟嘗君那麼多的門客中，除了雞鳴狗盜之徒，當然也還是有些格局比較大的人。馮諼就是其中之一。

馮諼剛來投奔孟嘗君時，孟嘗君看不出他有什麼特殊的本事，馮諼自己也說只不過是因爲家境貧寒才來投奔，孟嘗君便把他安置在待遇最差的「傳舍」中。

過了十天，孟嘗君詢問傳舍長（就是管理人員，類似我們今天說的「舍監」）：「那個剛來的馮諼都在做些

什麼？」

傳舍長說：「他什麼也不做，每天就抱著那把破劍一直唱『長劍啊長劍，咱們還是回家吧！粗茶淡飯沒有魚呀！』」

孟嘗君心想，這傢伙大概是有點兒本事，才敢挑剔待遇，於是，就讓馮諼搬到伙食比較好的「幸舍」去。

過了幾天，孟嘗君又問馮諼現在怎麼樣？

傳舍長說：「差不多，還是每天抱著破劍唱歌，只是唱的內容不同了，現在是唱『長劍啊長劍，咱們還是回家吧！出入都沒有車呀！』」

「還不滿意？」孟嘗君有些嘀咕，但還是把馮諼再搬到待遇最好——不僅天天都有大魚大肉，出入也都有車子坐的「代舍」去。

可是馮諼又唱：「長劍啊長劍，咱們還是回家吧！老母都沒人奉養啊！」

這回孟嘗君可眞的不高興了。他雖然沒有趕馮諼走，但也不大想搭理他，直到後來需要找人到他的封地薛邑去收債，有人推薦馮諼可以擔任這次的任務時，孟嘗君才把馮諼找來，請馮諼幫忙去薛邑跑一趟。

這是孟嘗君「養」了馮諼這麼久以來，第一次請馮諼幫忙辦點事，結果，馮諼辦得眞是「一塌糊塗」，差一點兒就把孟嘗君給氣炸了！

原來，馮諼不但以孟嘗君的名義，用收來的一部分錢大擺酒席，招待薛邑的百姓，還特別聲明不管有沒有欠孟嘗君稅收都可以來吃，接下來，馮諼在核對了債券之後，對那些有償還能力的都重新訂下還債的時間，對那些根本無力償還的人，則是把債券統統燒掉！

馮諼對孟嘗君的解釋是，不擺酒席大家就都不肯露面，那麼他就弄不清到底誰能還、誰又眞的還不起；而那些實在還不起的人，若逼得太緊，別人只會批評孟嘗

君貪財好利，不顧百姓死活，倒不如把債券一把火燒掉，讓薛邑的百姓都由衷的感激孟嘗君，有什麼不好呢？

後來，孟嘗君因爲得罪了齊王，被免了職，不僅滿朝大臣都對他避之惟恐不及，沒有人願意和他來往，所有的門客也都離開了他，只有馮諼一個人陪他回到薛邑，這時，薛邑的老百姓人人都自動自發帶著酒菜來歡迎他，還夾道歡呼，孟嘗君這才眞眞切切的感受到，當年馮諼收債收得可眞是高明啊。

毛遂自薦

「毛遂自薦」這句成語一直被運用得很廣，形容自告奮勇，自願爭取出任某一項任務。

在歷史上確實有毛遂這麼一個人。他是戰國時期「四大公子」之一——趙國平原君的門客。

西元前二五八年，秦國再一次發兵包圍了趙國的國都邯鄲。兩年前，秦趙兩國的長平大戰，趙國四十萬大軍慘遭活埋，致使趙國元氣大傷，如今秦軍又包圍了都城，趙國上上下下自然是舉國驚惶。

情急之下，趙王派平原君去楚國緊急求援，希望促成合縱抗秦的局面，大家共推楚國爲盟主。

不難想見平原君這一次眞是身負重任。平原君私底下已打定主意。若能成功遊說楚王，形成合縱聯盟固然

是最好，如果遊說不成，就算是要用武力當眾挾持楚王，迫使楚王簽訂合縱協議也在所不惜。

爲了順利完成任務，平原君打算從自己的門客中挑選二十名能文能武的人才同行，但是精挑細選了半天，只挑得出十九個人，硬是還差一個。平原君爲此有些發愁。

這時，有一個名叫毛遂的門客，知道了這個消息，主動來到平原君的面前，自我推薦道：「我聽說您打算帶二十個門客，和您一起出使楚國，現在還差一個，我想和您一起去，您看怎麼樣？」

問題是，平原君對此人感到很陌生，再次問他的名字，也毫無印象，當然就沒有貿然答應，只是先委婉的問道：「你到我這裡多久了？」

「三年。」毛遂回答道。

「三年？」平原君的心裡有些吃驚，暗忖自己的門客

那麼多，自己固然不可能每一個人都認識，可是如果已經待了三年，自己居然還對此人一無所知，就可見此人八成是沒有什麼本事，搞不好只是一個單純在這裡混飯吃的人，這樣的人怎麼可能有資格參加這次的行動呢？

於是，平原君便委婉的說：「我聽說大凡是那些有能力的人，就好像是一把錐子放在布袋中，用不了多久，鋒利的錐子一定會畫破布袋而露出來……」

對於平原君這番暗示，毛遂一聽就懂，馬上就接口道：「您說的很有道理，可是您之前之所以從來不知道有我這麼一個人，是因爲我還從來沒有被放進布袋之中，我今天就是來請求您把我放進布袋裡，那麼，我很快就會露出鋒芒的！」

在場許多門客聽到毛遂這番大言不慚的話，都暗自竊笑，覺得他的口氣眞大，可是平原君卻認爲毛遂的反應非常敏捷和機智，心想憑毛遂這樣好的反應和口才，

帶在身邊或許會有點兒用處，便同意讓毛遂同行。

這一次的行動，最後果然就是靠著毛遂的滔滔雄辯，終於說服了楚王，訂立了合縱盟約。

返回趙國之後，平原君還無限感慨的對友人說：「毛先生那一張能言善辯的嘴，威力竟勝過百萬大軍啊！我一直以爲自己有識人之明，沒想到對毛先生差一點兒就看走眼了！」

從此，平原君便把毛遂奉爲上等貴客，對毛遂一直非常尊敬。

孫武訓練女兵

孫武是齊國人，後來報效吳國，對於吳國的強大，有很大的貢獻。

當孫武透過別人的推薦，首度與吳王闔廬（也就是闔閭）見面時，吳王說：「聽說你通曉兵法，你的十三篇兵法我都看過了，我想知道你現在可以現場小規模的示範一下如何練兵嗎？」

孫武想也不想就回答道：「可以的。」

或許是他過於自信的神氣，使吳王心血來潮，有了一個惡作劇的念頭，便以開玩笑的口氣問道：「能用女人來試試嗎？」

孫武還是那麼充滿自信的回答：「可以的。」

這麼一來，吳王就非要開開眼界不可了。於是，就

命人從宮中美女挑出一百八十名，交由孫武來訓練。

孫武把這一百八十名美女分成兩隊，派兩個吳王的寵妾擔任隊長。美女們一個個都拿著矛戟排隊站好，大家都覺得很好玩，在現場觀看的吳王和群臣也都覺得十分新鮮有趣。

孫武宣布首先要練習如何向左向右、以及如何向前向後轉。

「知道該怎麼做嗎？」孫武問道。

美女們都嘻嘻哈哈的說不知道，還有人已經開始抱怨矛戟太重，拿得太累。

孫武又問：「你們知道自己的心口、左右手和後背的位置嗎？」

「當然知道呀！」美女們紛紛掩嘴而笑，覺得孫武問得眞傻。

「那好，」孫武一本正經的解釋道：「我命令你們向

前看的時候，你們就朝心口的方向看；命令你們向左，你們就朝左手的方向看；命令你們向右，你們就朝右手的方向看；命令你們向後，你們就朝後背的方向看，明白了嗎？」

「明白了。」美女們七嘴八舌的隨口應付著，都覺得孫武那副認眞嚴肅的模樣實在好滑稽。

孫武宣布完規則，命人搬出鐵鉞（ㄩㄝˋ）放在一邊，表示這種刑具是專門用來懲治違反軍令的人。

孫武三番五次向美女們申誡，希望她們要態度嚴肅的配合訓練，違令者當斬。可惜這番申誡收效甚微，美女們仍然不放在心上，也不當成一回事，還是嘻嘻哈哈，喧鬧不已，並指著鐵鉞嬌嗔道：「哎喲，好可怕呀！」

孫武不再多廢脣舌，板著臉開始著手進行訓練。首先，他擊鼓發出向右轉的號令。可是，鼓聲一停，美女

們不僅沒有依令行動，反而哈哈大笑。

孫武說：「如果章程不明確，指令不清楚，這是將帥的責任。」

於是又把方才說過的規則反覆解釋，並再三強調違令者當斬，然後再度發出鼓號指示美女們向右轉。

美女們還是只顧笑鬧，有的人似乎笑得連氣都喘不過來了。

這一回，孫武所說的話令在場所有的人都大吃一驚。

孫武說：「如果章程不明確，指令不清楚，是將帥的責任；如果章程已經非常明確，指令也很清楚，士兵們卻還不按照命令去做，那就是隊長的責任，應該要把兩名隊長先斬了！」

說著就立即下令把兩名隊長推出去斬首！這麼一來，現場頓時大亂，美女們一個個都花容失色，兩名隊

長更是朝吳王聲嘶力竭的大喊：「大王救命！」

吳王看孫武居然要斬自己的愛妾，也嚇了一大跳，趕緊派人上前制止道：「大王已經知道將軍非常善於練兵，請將軍饒了她們吧！」

沒想到，孫武完全不買帳，嚴肅的拒絕了吳王的要求。孫武說：「我既然已經受命做了將帥，將帥在軍中，對於君王的命令可以不接受！」

吳王就這樣眼睜睜的看著兩個愛妾哭叫著被推出去斬了，心裡懊惱萬分，後悔實在不應該開這樣的玩笑，幹麼要孫武拿美女們來訓練呢！

兩個隊長被殺了之後，氣氛就徹底改變，再也沒有一點笑聲，所有的「士兵」都臉色慘白，但是，連哭都不敢哭，好多人拿著矛戟的手都不住的顫抖。她們不知道接下來還會發生什麼，只知道不可以再嘻嘻哈哈，一定要極認眞的接受各種指令，按照指令的要求一絲不苟

的去做。

不難想見，接下來的訓練非常的順利。美女們不僅把向左向右、向前向後的動作做得非常標準，就連其他很多較困難的動作也都做得絲毫不差。

後來，後人從這個故事中，孫武向女兵們再三解釋章程的作法，引申成「三令五申」這句成語，意思就是反覆向人告誡。

伍子胥的復仇

伍子胥是楚國人，名叫伍員。他的父親叫作伍奢，哥哥叫作伍尚。

伍奢是太傅，和少傅費無忌一起輔佐太子建。但是費無忌並不忠於太子建，而是總想動腦筋巴結當時在位的楚平王。

有一次，費無忌終於等到了一個絕佳的機會。楚平王叫費無忌去秦國爲太子迎娶新婦，費無忌一看到那個秦國女子長得非常的美麗，居然趕緊悄悄跑回來向楚平王報告，並慫恿楚平王不妨自己迎娶那秦國女子，給太子另外再娶一個。楚平王竟然也接受了這樣一個無恥的建議，把那原本是兒媳人選的女子納爲妃子。

費無忌也就從這個時候開始，離開太子建的身邊，

而全心全意的侍奉起楚平王來。不過，對於太子，費無忌還是心虛的，也總擔心日後太子建即位以後會找自己算帳，所以就不斷在楚平王面前說太子建的壞話。太子建這個時候才十五歲，還是一個懵懵懂懂的少年，他的母親本來就不大得平王的寵愛，也幫不上他什麼忙，久而久之，他們母子都日益受到平王的疏遠。

等到太子建十九歲的時候，平王命他去城父防守邊境。費無忌趁太子建不在京師，更加變本加厲的經常在平王面前數落太子建的種種不是。有一次，費無忌還無中生有的批評太子建和各國諸侯往來甚密，似乎有圖謀不軌的嫌疑，又說自從平王娶了那秦國女子之後，太子建的內心對於父王就有諸多不滿，建議平王還是應該小心提防戒備。

平王聽了以後大發雷霆，馬上把太傅伍奢找來責問。伍奢知道平王對太子建有所誤會，全是因爲費無忌

進了讒言，便勸平王道：「大王您怎麼會相信進讒言的奸賊小臣，卻反而疏遠了骨肉親情呢？」

就因爲這一番耿直的話，伍奢把那奸賊小臣費無忌給得罪了。

稍後，費無忌更進一步慫恿平王及早收拾太子建。費無忌對平王說：「你現在不制止他，等日後他的翅膀長硬了，恐怕就要來對付你了！」

平王大怒，一方面把太傅伍奢囚禁起來，怪罪他沒有好好盡到輔佐太子建的職責，另一方面則是在盛怒之下派城父的司馬奮揚去殺太子。司馬奮揚也覺得太子無辜，在動身之前悄悄先派人去給太子通風報信，要太子趕緊離開。太子建得到消息之後，立即倉皇出逃，一路逃亡到宋國。

費無忌又對平王說：「伍奢有兩個兒子，都很有才幹，如果不及早把他們殺掉，恐怕後患無窮，大王現在

何不以他們的父親爲人質，趕快把他們叫來？」

平王就派使臣對伍奢說：「趕快把你的兩個兒子叫來！只要他們來了，就饒你一命，否則你就死路一條！」

伍奢說：「伍尚爲人非常仁厚，叫他來，他一定來；伍員爲人剛直，能忍受常人所不能忍受的痛苦和屈辱，他知道只要來了必定難逃一死，所以他是絕對不會來的。」

這可眞是「知子莫若父」。果然，當伍尚和伍員兄弟倆得到消息之後，伍尚馬上就想乖乖前往，伍員則勸阻道：「楚王現在要召見我們，一定是不懷好意，怕我們逃脫以後會給他們帶來後患，我們去了非但保不住父親，還會一起全部被殺死，這樣有什麼好處？不如投奔到別國，將來藉別國的力量來爲父親報仇雪恨！」

伍尚重重的嘆了一口氣道：「我也知道去了穩死無疑，可是我擔心父親會期盼我們去，也擔心如果逃走日

後若不能爲父親報仇，將會被全天下的人所恥笑……還是你走吧，你能報殺父之仇，我就回去送死吧！」

伍尚自投羅網之後，使者又來抓伍子胥，伍子胥張開弓拉著箭向著使者，使者不敢走近，伍子胥就此逃亡。他聽說太子建到了宋國，便決定也到宋國去。

伍奢一聽說伍子胥逃亡，仰天長嘆道：「楚國的君臣，從此你們就要爲兵禍所苦了！」

伍尚一來到父親的身邊，果然很快就和父親一起被殺了。

伍子胥逃到宋國，恰巧碰上宋國內亂，只好趕緊又與太子建一起逃奔到鄭國。鄭國人倒是對他們很好，可是也不知道是什麼原因，太子建又去到晉國。晉國的晉頃公想利用鄭國對太子建的友好，慫恿太子建回鄭國做自己的內應，並許諾只要太子建協助他滅掉鄭國，就將極爲隆重的酬謝他。太子建動了心，便眞的又回到鄭

國。然而此時其實事情已敗露，鄭國的鄭定公當即殺了太子建。

太子建有一個兒子名叫勝，伍子胥害怕勝受到連累也遭到不測，便帶著勝一起出昭關，逃奔去吳國。經歷了千辛萬苦，一番曲折，伍子胥途中甚至還做過乞丐，最後好不容易才來到了吳國。

到了吳國之後，伍子胥透過公子光的介紹見到吳王僚，並且勸說吳王僚大舉進攻楚國，但公子光勸吳王僚不要輕舉妄動，認爲伍子胥建議伐楚不過是想藉吳國之手爲父兄報仇。

伍子胥明白公子光心懷異志，實際上是想殺吳王僚而自立。於是，伍子胥不再倡議伐楚，只是暗中推薦了一個名叫專諸的殺手給公子光，然後，他便退下來與太子建的兒子勝一塊兒去下鄉種地。這一晃就是五年。

後來，楚平王死了，楚昭王繼位。昭王的母親就是

當年平王從自己兒子手裡奪去的那個秦國女子。吳王僚趁著平王去世，楚國國喪期間，派軍襲擊楚國，卻被楚軍所敗，反而造成吳國國內空虛無兵。公子光就在這個時候，命專諸刺殺了吳王僚，自立爲王，這就是吳王闔閭。

闔閭既然做了吳國的王，很是躊躇滿志，便重新把伍子胥召來，共議國是。伍子胥見時機成熟，便重提伐楚。

在闔閭自立後的第三年，興師伐楚。經過六年多的征戰，終於攻破了楚國的郢都。這個時候，因楚平王早已死去，楚昭王則已驚慌出逃，伍子胥找不到楚昭王，便掘開楚平王的墳墓，拖出平王的屍骨，狠狠的鞭打了三百鞭。

經過十幾年的忍辱負重，伍子胥「棄小義，雪大恥」，終於爲父兄報了大仇。

臥薪嘗膽的勾踐

越王勾踐元年，吳國興兵攻打越國，越王勾踐率軍迎戰，在姑蘇打敗吳軍。吳王闔閭在此戰役中負傷，不久就死了，臨終前再三叮嚀太子夫差，一定要爲自己報仇。

夫差繼位爲王之後，用伯嚭（ㄆㄧˇ）爲太宰，天天練習作戰和射箭。兩年後，吳越之間重起戰事，越軍戰敗，越王勾踐帶領剩下的五千名士兵，狼狽退守到會稽山上。

爲了保命，勾踐派大夫文種送了大量的金錢給吳國的太宰伯嚭，請求講和，還說日後願意用臣妾的禮儀來服侍吳國——這可是一種非常屈辱的承諾，也顯示出勾踐爲了希望能夠解除眼前的危機，安全撤回，是多麼的

低聲下氣。

吳王夫差正打算答應越國的求和，伍子胥進諫道：「越王這個人，是能夠吃得了苦的人，現在你不滅掉他，將來一定會後悔的。」可是吳王夫差不聽，還是採納了太宰伯嚭的建議，與越國講和，然後就班師回朝。

越王勾踐安全了，他回到國內之後，生活習慣產生巨大的變化；他放棄了過去那種養尊處優的方式，而刻意經常把自己置於一種艱苦的環境中，譬如每餐都只有一個菜，衣服布料只用單色，睡在柴火上等等。勾踐甚至把一個苦膽懸掛在座位上方，不論坐臥都要嘗一下苦膽，並經常自言自語：「我絕不可以忘記了會稽之圍的恥辱！」

（就這是「臥薪嘗膽」的典故，「薪」就是柴草；比喻一個人勵精圖治，刻苦自強。）

此外，勾踐還親自下田種地，他的夫人也親自紡紗

織布。勾踐還禮賢下士，深入民間賑濟貧苦大眾，慰問死傷家屬，總之就是與老百姓同甘苦共患難。一個君王能夠這樣做，是非常不容易的。

五年之後，吳王想率軍攻打齊國，伍子胥勸告道：「齊國算什麼，大王應該先對越國出兵啊！」

伍子胥列舉了勾踐種種作爲，分析道：「他之所以能這樣做，一定是爲了有所圖謀。此人不死，必定是我們吳國的禍患。現在對吳國來說，有越國存在，就好像一個人存有心腹的疾病一樣嚴重，然而你現在不先解決越國的問題而去攻齊，這不是很荒謬嗎？」

可是吳王不聽，還是執意出兵去攻打齊國。也就是從這個時候開始，吳王漸漸完全拒絕伍子胥的謀略。

又過了四年，吳王又要向北去攻打齊國。於此同時，越王勾踐仍然用重金厚禮不斷拉攏吳國的太宰伯嚭，使得備受吳王信任的太宰伯嚭總是在吳王面前說越

國的好話。這麼一來，儘管伍子胥不斷進諫吳王應該先打越國，吳王還是不聽。

稍後，吳王派伍子胥出使齊國。伍子胥對兒子說：「我數次進諫君王，君王都不肯聽我的計謀，眼看吳國就要亡國了！你若留在這裡與吳國一起滅亡是不值得的。」伍子胥便趁著這次出使齊國的機會，把兒子帶到齊國，託付給齊國的鮑氏。

可是這件事被太宰伯嚭知道了，太宰伯嚭與伍子胥本來就不合，現在更是把握機會在吳王面前告狀，並慫恿吳王盡早對付伍子胥。吳王聽了之後，果然大發雷霆。伍子胥一回到吳國，吳王馬上賜他一把寶劍，命他自殺。

伍子胥仰天長嘆道：「啊！我助你的父親成就了霸業，又爲你爭取到王位，如今你居然聽信阿諛之臣的話，來殺我這長輩！」

說著，伍子胥又交代眾人：「你們一定要在我的墳墓上栽種梓樹，叫它們將來給吳王做棺材，並且挖出我的眼珠，掛在吳都的東門上，讓我親眼看到越軍攻入城裡，滅掉吳國！」

伍子胥憤然自殺以後，吳王聽說了他在臨死前那番言詞，大爲震怒，便命人將伍子胥的屍體裝在草囊中，投到江裡去！後來，吳國人都很同情伍子胥，就爲他在江岸山上修造了一座祠堂，還把那座山命名爲胥山。

伍子胥死後，太宰伯嚭就全面掌權。

又過了幾年，在大臣范蠡的研判下，越王勾踐趁著吳王統率精兵北上中原，與諸侯在黃池聚會這一個難得的時機，大舉伐吳，越軍大敗，太子也陣亡了。吳王得到消息，派人送來厚禮請和，越王勾踐認爲暫時還難以滅吳，就與吳國簽訂了和約。

四年之後，勾踐再度向吳國出兵。由於之前吳國在

和齊國、晉國的爭霸戰爭中，已損失了許多精兵強將，連年征戰也使得吳國軍民都很疲勞，現在面對來勢洶洶的越軍根本無力阻擋。越軍很快就大獲全勝，把吳軍團團圍住。

這樣僵持了三年，吳軍再也很難支撐。吳王夫差率著殘兵退守姑蘇山，派公孫雄赤膊跪行至越王處，向越王勾踐求和。

此情此景眞是似曾相識，只是勝利者與求和者已完全顛倒過來。

越王勾踐有些不忍，有意同意吳王夫差的求和。這時，范蠡極力勸諫道：「當年的會稽之圍難道您忘了嗎？那個時候老天爺要把越國交給吳國，但吳王不要，現在可是老天爺要把吳國交給越國，您不能不要啊！何況您這二十二年來的努力與等待不就是爲了這一天嗎？怎能因爲一念之仁就把一切的成果都丟掉呢？」

於是，勾踐交由范蠡重新擂起了戰鼓，揮軍進攻。

越王勾踐在仍然於心不忍的情況之下，派人對吳王說：「我把你安置在甬東，讓你管轄一百戶人家好了。」

吳王夫差謝絕了勾踐的好意，自殺而死。臨死前，夫差還特意用布遮住自己的臉，既慚愧又悔恨萬分的說：「我實在沒有臉去見子胥啊！」

勾踐安葬了夫差，然後立即處死了太宰伯嚭。

勾踐平定吳國之後，率領大軍北渡淮河，與齊、晉的諸侯在徐州聚會，並向周元王進貢了禮物。周元王立即派使者將祭肉賞賜給勾踐，並任命勾踐爲諸侯之長。從此，勾踐終成霸業，越軍也橫行於長江和淮河以東。

范蠡因功勞顯著，受封稱上將軍。但是范蠡認爲盛名之下難以長久安居，況且他認爲越王勾踐的爲人是只能與他人共患難，不能同享樂，於是便毅然遠去，渡海出走到齊國，變姓改名，在海邊辛勤勞作，治理產業，

沒過多久，家產竟高達幾十萬，天下人都稱他爲「陶朱公」。

商鞅變法

商鞅是先秦法家的傑出代表人物。他在青年時期就深受魏國法家先驅者李悝（ㄎㄨㄟ）的影響，滿懷改革的理想，但他在魏國不受重用，後來爲響應秦孝公的招賢令，遂西出函谷關報效於秦國。

當時正是戰國時代，秦、齊、楚、燕、韓、趙、魏等七雄爭霸的局面已然形成。在這七個諸侯國之中，只有秦國在西方，仍然被中原諸侯當成是戎族來看待，和中原諸侯的來往並不多，而實際上秦國當時無論是在政治、經濟、文化等各方面，也確實都比中原諸侯國要落後，而且又被新興的魏國奪去了河西一大片土地，失去了黃河的屏障，降爲二等國家，可以說當時的中原諸侯國，根本就沒有把秦國放在眼裡。

可是自從西元前三六一年，秦孝公即位之後，立即就展現了想要向中原擴展努力的雄心。想要強國，當然首先就需要人才，於是秦孝公特地頒布了一道招賢令，說不論是本國人還是外國人，只要能提供富國強國的妙方，就能獲得重用，得到厚賞。這道招賢令果然引來了各方人才，商鞅也是其中之一，不過這個時候他還叫作「衛鞅」。

商鞅既是法家，也是軍事家，學識相當淵博。入秦之後，他透過秦孝公寵臣景監的引薦，四次遊說秦孝公。前兩次的主題是「帝王之道」，聽得秦孝公昏昏欲睡，事後還大罵景監，認爲他引薦不當。但是當秦孝公勉強再聽第三次時，情況就完全改觀，第四次也是一樣，秦孝公聽得全神貫注，不知不覺還忘記了君臣之禮，徐徐膝行想要靠近商鞅，顯然是想要再聽得清楚些。原來，第三次和第四次的主題是「強霸之道」，秦孝

公自然十分愛聽。其實這也是商鞅用來試探秦孝公是否眞有強烈的稱霸諸侯之心。

商鞅很快就擬定了一系列改革措施，獲得秦孝公的認同，但卻招致保守勢力的反對。主要是因爲商鞅認爲如果想要強國，就應該大大提高農民和士兵的地位，這就明顯與目前享有種種特殊待遇的貴族、大臣們的利益相衝突。

儘管秦孝公是打心底的贊成商鞅的做法，巴不得能立刻實施，可是由於反對的聲浪太大，秦孝公考慮到自己畢竟也才剛即位不久，位子還沒坐穩，若是在阻力這麼大的情況之下強行實施新政，恐怕會危及政局的穩定，只好咬咬牙，把變法改革的事暫且擱下。

那些貴族和大臣們都很樂意，以爲秦孝公放棄了變法那瘋狂的念頭，其實秦孝公只是在等待。

秦孝公沉住氣等了兩年，覺得自己的地位穩固了，

而且仍然覺得必須要變法圖強，便正式拜商鞅爲位高權重的左庶長，並且非常嚴肅的向所有大臣宣布：「從今天開始，由左庶長負責一切有關改革制度的事務，大家必須聽從，不可違抗，誰若是違抗他，就等於是違抗我！」

商鞅立即頒布了一套新法。爲了取信於民，他在京都雍城（今陝西省鳳翔縣）南門外立了一根三丈長的木杆，然後在旁邊張貼了一張布告，布告上說，誰能把這根木杆移到北門，就賞十金。

老百姓看到這張布告都奔相走告，當成是一件新鮮事在傳播，可是大家都認爲這一定是一個玩笑，沒人相信。

老百姓的反應當然早就在商鞅的預料之中。爲了進一步激發民眾，商鞅故意把賞金提高爲五十金。

那根木杆那麼輕，誰都拿得動，把木杆從南門移到

北門就可以得到五十金？天底下哪裡會有這麼便宜的事呀！大家還是不信。

終於，有一個人忍不住了，走上前去，輕輕鬆鬆就把那根木杆移到了北門。

大家都睜大眼睛看著，想看看左庶長接下來會怎麼做？

結果，出乎所有人——包括那個移動木杆的人——的意料之外，商鞅居然眞的當眾賞給那個人五十金！頓時所有的民眾都後悔死了。從此再也沒有人敢怠慢新法。

商鞅前後主持這兩次大規模的變法，主要內容有：編制戶籍，實行「連坐法」，讓大家互相監督；獎勵軍功，廢除舊有的世卿世祿制度；重農抑商，努力發展生產；廢井田，承認土地私有，允許買賣；廢除分封，普遍實行縣制；統一度量衡。總之，涵蓋面非常之廣，涉及了各方面。

商鞅變法的成就是非常顯著的。在第一次變法後，僅僅十年的工夫，秦國的社會制度發生了急劇的變化，秦國無論是在政治、軍事和經濟各方面，都迅速趕上甚至超過了東方六國，秦國從一個二等國家一躍而爲頭等強國。爲了便於向東發展，秦孝公遂決定遷都咸陽（今陝西省西安市），積極準備東進。

在商鞅第二次變法也獲得成功以後，秦國更加國富兵強。不久，齊國在馬陵之戰中大敗魏國，還殺了魏國的大將龐涓，魏國在連年戰敗之後，已明顯走向衰落。馬陵之戰的第二年，商鞅親自率兵大舉伐魏，徹底打敗了魏國，魏惠王被迫割讓河西之地給秦國，並把國都從安邑向東遷至大梁，以躲避秦軍步步進逼。從此，秦國就正式稱雄於東方，並爲後來秦始皇統一中國打下了堅實的基礎。

在中國歷史上，商鞅變法是最成功的一次變法。可

是在變法過程中，商鞅爲了維護法紀的尊嚴，也開罪了太子駟。原來，由於新法嚴重損及舊貴族的利益，他們便聯合起來，以太子駟的師傅公子虔和公孫賈爲首，教唆太子犯法，想挑釁新法的威信。然而，商鞅堅持「王子犯法與庶民同罪」，嚴懲了公子虔和公孫賈；公子虔被割了鼻子，公孫賈的臉上被刺了字。在封建社會中，嚴懲太子的師傅，已是非常不得了的大事，在意義上等於是嚴懲了太子本人。因此，太子駟對商鞅一直懷恨在心。

西元前三三八年，秦孝公一去世，商鞅的末日立刻來到。

太子駟即位，是爲秦惠王。兩年前甫因赫赫戰功被封爲商君的商鞅，居然被一批舊貴族誣陷謀反，被判以叛國罪，不得不狼狽出逃。商鞅原本想逃往魏國，中途想在客棧歇歇腳，不料客棧老闆說什麼也不肯收留他，

因爲按照當時的法律，凡是客棧老闆收留身分不明的人，一律處以死刑，諷刺的是，這道殘酷嚴苛的法律正是商鞅自己制定的！

商鞅最後終究沒能逃脫慘遭車裂（一種古代的酷刑）而死的悲劇。

後人根據商鞅的故事，引申爲「作法自斃」這句成語。比喻訂定規矩的人，後來自己也因觸犯了這道規矩而受到了懲罰。

張儀連橫

戰國時期，學術流派眾多，儒家學說還沒有像日後那樣占著正統的地位，再加上由於當時社會動盪不安，國與國之間的關係錯綜複雜，瞬息萬變，凡此種種都給縱橫家提供了一個很大的舞台。

縱橫家中，最出色的莫過於蘇秦和張儀兩位。他們剛巧都是鬼谷子的學生，曾經向鬼谷子學習過謀略權變之術。

張儀本來是魏國人，在鬼谷子那裡學成之後，來到楚國，求見楚國的相國。

相國接待了他，還招待張儀喝酒。喝著喝著，相國突然發現自己的玉璧不見了。左右都懷疑是張儀偷的，因爲這小子看起來既邋遢又潦倒，一副窮得「前胸貼後

背」的模樣，似乎有偷玉璧的動機。

可是大聲喝問張儀，張儀說自己沒有偷。相國的手下不信，把他吊起來嚴刑拷打，張儀還是死不承認，堅稱自己絕對沒有偷。雖然說縱橫家的嘴巴不大靠得住，可是都把他打成這個樣子了，張儀還是死不承認，相國府的人也沒有辦法了，只得不了了之，放張儀走了。

回到家，妻子見張儀被打得人不像人，鬼不像鬼，忙問是怎麼回事？

張儀敘述了事情的經過，末了還加上這麼一句評論：「憑我的本事，將來要什麼金銀珠寶沒有？還需要偷嗎？眞是笑話！」

「瞧你被打成這樣，還這麼會說大話！」妻子用嘲諷的口氣說道。

「噢！」張儀低頭看看自己，依然十分嘴硬，「這麼一點皮肉之傷，算不了什麼啦！來，你幫我看看——」

說著，張儀張大嘴巴，指指舌頭，煞有介事的問道：「看看我的舌頭還好好的吧？沒受傷吧？」

妻子覺得又好氣又好笑，「沒有，還好得很哪！」

「那就好！」張儀說：「只要這三寸不爛之舌沒壞就夠了！」

張儀遭此無妄之災，從此就非常記恨楚國。後來，張儀當上了秦國的相國，還特地寫信給楚國的相國，並且重提往事道：「當初我們在一起喝酒，我根本沒有碰你的玉璧，你卻誣賴是我偷的，還把我打得半死，現在你可要好好的看好你的國家，我會把楚國的城池都偷走的！」

張儀憑什麼來「偷」楚國以及別國的城池呢？靠的就是他那三寸不爛之舌啊！

同樣是縱橫家，蘇秦主張合縱聯盟，共同抗秦，可是張儀擔任秦國的相國以後，主張連橫，充分利用人性

中的弱點，再配合運用一些計謀，就把六國之間的合縱關係一一瓦解了。秦國最終能滅掉六國，張儀確實發揮著一定的作用。

田單復國

兩軍對壘，除了要能勇敢的正面交鋒，往往也還要能出奇制勝，才能取得勝利。齊國大將田單，就是靠著種種出奇制勝的戰術，不但打贏了意義非比尋常的即墨保衛戰（今山東省平度市），後來更因此復國。

田單的軍事才能首度獲得展現，而且令齊國很多民眾都留下深刻的印象，主要是在一次逃難的路途上。

當時，燕國大將樂毅正率領大軍席捲齊國，齊軍簡直毫無招架能力，兵敗如山倒。眼看臨淄即將失陷，城內百姓紛紛出逃，準備逃往安平。田單家族也準備出逃，但是全家人不能理解的是，在這種時間緊迫的危難關頭，田單居然還命人在改裝車輛，要求工匠把每一輛車子的車軸統統鋸短，還要在車軸頂部裝上鐵罩。

家人都急得要命，此時城裡已是亂糟糟的一片，大家都說燕軍馬上就要來了，逃命都惟恐不及，哪裡還有時間這樣一輛一輛慢條斯理的改裝車輛？田單卻堅持說，想要待會兒跑得快，現在就非得改裝車輛不可。

田單說的一點兒也沒錯。從臨淄通往安平的路上，一片混亂。郊外的路本來就比較窄，現在又擠滿了逃難的人群和車輛，那些車輛幾乎全部都塞在道路上，動彈不得，要不然就是磕磕絆絆的緩慢前進。只有田氏家族所坐的車輛，因爲經過改裝，能夠適應狹窄的道路，再加上車軸頂部又裝有鐵罩保護，輕便而又堅固，因此，很快的就順利抵達安平，無論是人員或財產都安然無恙。

不久，安平又保不住了，老百姓又紛紛驚慌失措的逃往即墨。算起來不過短短半年的時間，樂毅已率領著燕軍一連攻下齊國七十多座城池，幸虧即墨的城防堅

固，士兵們奮勇抵抗，才堅持到現在。然而，當即墨的守城將領也陣亡的時候，死亡加上亡國的陰影，牢牢的籠罩著所有即墨城裡的士兵和百姓。

大家都不願投降。這時，齊王早已逃往別處躲了起來，大家只能自求多福，於是決定要共推一位主將來領導大家抵抗燕軍。很多人不約而同想到了田單。

田單臨危受命，馬上制定了一系列的計策。

第一招，是實施反間計，目標是要除掉燕軍大將樂毅。田單認爲，燕軍之所以能夠如此勢如破竹，全是因爲有勇有謀的樂毅掌握著兵權，換句話說，只要能夠除掉樂毅，燕軍也就沒有那麼可怕。正好在這個時候，燕昭王過世，燕惠王即位，而燕惠王本來就與樂毅不和，彼此之間的信任基礎不夠，田單就充分利用這一點，派人到燕國市井到處散播流言，挑撥燕惠王和樂毅之間原本就已不怎麼好的關係。

不久，燕惠王果然中計，樂毅被逼出逃，逃到了趙國，燕軍主將也就由樂毅換成了騎劫。

除掉了樂毅，等於就是爲齊國除去心腹大患。何況「陣前換將」本來就是兵家大忌，更不要說換上來的騎劫是一個平庸之輩。

第二招，是裝神弄鬼。這一招，無論是對燕軍或是對自己的軍民，都同樣需要。對內，田單找了一個小卒假冒天師下凡，每次發布命令都說是奉天師指示，並再三強調天師是爲協助我方取得勝利而來，讓全體軍民都建立起必勝的信心；對外，則刻意製造「神蹟」，讓城外的燕軍感覺到有神明在幫助齊國，因而產生畏懼。

怎麼做呢？說來也很簡單，田單下令所有即墨城內的百姓，在飯前都得祭祖，感謝祖先的保佑。祭祖則有特別的規矩，就是在舉行祈禱儀式的時候，必須把酒菜全部撒到庭院中去。這麼一來，自然就會吸引很多鳥兒

前來覓食。而城外的燕軍，看不到酒菜被撒到庭院中，只看到每天都有很多鳥兒盤桓在即墨城，蔚爲奇觀，心裡都感到既困惑又害怕。

第三招，是實施心理戰。其實，之前的裝神弄鬼也是一種心理戰，只是這一回心理戰的手段更加犀利（甚至可以說殘酷）。同樣分爲兩方面來進行。對內，田單派人滲透進燕軍，散播如何攻下即墨城的方法，宣稱即墨城內的軍民最擔心城外的祖墳遭到燕軍破壞，那樣他們必然就無心打仗，又說齊國人都很擔心萬一自己的同胞被俘，會被割去鼻子，並被派作前鋒，那樣他們怎麼忍心攻擊？

愚蠢的燕軍聽到這兩個「破城妙計」，居然信以爲眞，立刻照辦！

（可憐的祖先和可憐的俘虜就遭殃了！）

當齊國人眼看城外的祖墳紛紛遭到破壞，無不痛哭

流涕，對燕國人咬牙切齒，恨之入骨！又看到被燕軍俘獲的俘虜，竟然一個個都被割去鼻子，還被驅趕成前鋒，被迫來攻城的悲慘處境，一方面痛罵燕國人毫無人性，另一方面也滿懷恐懼，擔心自己若是被俘也將遭到同樣的命運。由於燕國人的惡行，更加堅定了齊國人誓死保衛即墨的決心！

在激起齊國人同仇敵愾抗敵之心的同時，田單也運用心理戰放鬆燕國人的戒備。田單採取了多管齊下的方式。譬如，把精銳士兵統統隱伏在城中，不讓他們出現在城頭，反而讓一些老弱婦孺充當守衛士兵，成天在城頭晃來晃去，讓燕軍以爲齊國這兒已經沒人了；派出使者去與燕軍商議投降事宜；讓即墨城內的富豪們也派出使者，帶著厚禮，去賄賂燕國將領，懇請他們在入城之後，不要屠殺自己的族人，掠奪自己的財物……這種種做法都讓燕軍以爲馬上就可以輕輕鬆鬆的拿下即墨。

燕軍做夢也想不到其實此時即墨城內正在積極備戰。爲了一舉打敗強大的敵人，田單饒富創意的精心設計了「火牛陣」。

田單先命人找來一千多頭強壯的牛，給每頭牛都披上五彩繽紛的絹衣，牛角上都綁著兩把鋒利的尖刀，然後在每頭牛的尾巴上都捆上乾燥的葦草，葦草上還塗上油脂之類的易燃物質。

等到一切都準備妥當，田單就毅然發動了一場夜襲！

當天晚上，田單先悄悄派人把一千多頭彩牛趕到城下，再挑選五千多精銳士兵尾隨牛後。接下來，田單下令點燃每一頭牛的尾巴！

（可憐的牛！）

牛群尾巴著火，疼痛難忍，自然狂叫著往前猛衝，直衝向燕軍陣營，精銳士兵則緊跟其後，輕易就殺進了

◎田單復國

燕軍軍營之中！

於此同時，城中的老弱婦孺也按照田單的指示站在城頭上大聲吶喊，敲鑼助威！

從睡夢中驚醒的燕軍，被火牛陣嚇得魂飛魄散，不知所措，轉眼之間就被殺得潰不成軍！

在田單一連串出奇制勝的戰術之下，不僅即墨守住了，田單還率軍趁勝追擊，所過之處，原本已歸降燕軍的城池又紛紛回到齊國的手中。田單很快就收復了之前被燕軍占領的七十餘座城池，就此復國。

荊軻刺秦王

戰國時期，各諸侯國關係複雜，國與國之間所謂的友好關係非常脆弱，結盟毀約的事經常發生。後人所說的「朝秦暮楚」就是由此而來。

在信任基礎極其脆弱的情況之下，似乎就更需要某種形式的保障。當時，各國之間普遍採取的做法就是「交換人質」，而且往往是由太子親自擔任人質。

燕太子丹曾經在趙國做過人質。在那段人質歲月裡，太子丹結識了嬴政。嬴政就是後來建立中國歷史上第一個王朝的秦始皇，他是在趙國出生的。太子丹和嬴政經常在一起，成爲了好朋友。

後來，在嬴政當了秦王以後，太子丹又到秦國做人質，本以爲老朋友相見，應該分外親切，沒想到嬴政對

他非常冷淡，甚至還非常不好，令太子丹非常惱怒，日後回到燕國之後，還始終滿懷怨恨，耿耿於懷，一心想伺機對嬴政採取報復行動。可是燕國太小，根本沒有辦法與秦國抗衡。

短短幾年的工夫，秦國還愈來愈強大。僅僅二十出頭的秦王嬴政，在先後消滅了嫪毒（ㄌㄠˋ ㄞˇ）和呂不韋兩大敵對勢力之後，於西元前二三三年開始展開一統天下的大業。這一年，嬴政二十六歲。

眼看秦國經常進攻各諸侯國，不斷蠶食土地，掠奪財物，雖然還沒有直接攻打燕國，但已經對燕國造成嚴重的威脅。年逾七十的太傅（也就是太子的老師）鞠武就曾經向太子丹分析過，說秦國不僅擁有良好的地理位置以及天然屏障，士兵們也都訓練有素，驍勇善戰，現在，既然秦王野心勃勃，看來整個長城以南，易水以北，恐怕都將成爲秦國的地盤。在這種情況之下，弱小

的燕國能不惹惱秦國就算是不錯了，遑論還想因個人恩怨報復秦王。

偏偏太子丹毫無危機意識，也完全不理會太傅的提醒與警告，不久，竟然還收留了秦國的逃將樊於期！

樊於期是在有一次隨大將軍王翦伐趙的途中，無意間得知一個王翦刻意透露給他的訊息——秦王竟然懷疑自己與趙國勾結，已經祕密下令王翦在這次伐趙的軍事行動中，找機會把自己給殺了！

得知這項最高機密之後，樊於期自然大驚失色，沒有多想，便在王翦率軍攻番吾城的時候，趁著黑夜落荒而逃，一路逃到燕國的首都薊城（今北京），投奔太子丹。

樊於期這一逃，等於親自宣判了所有親人、族人的死刑。當秦王獲知樊於期逃亡的消息，大發雷霆，立刻下令把樊於期所有留在咸陽的親人和族人都殺了，而且

怒氣騰騰的向燕王喜發文，要求盡速送還逃將樊於期。當時，由於秦國強大，其他各國的人才都紛紛投奔秦國，而從秦國投奔其他國家的，樊於期還是頭一個，也難怪秦王會如此怒不可遏。

樊於期之所以會選擇投奔燕太子丹，是看在自己過去對太子丹曾經有過救護之恩，希望太子丹能念在這份情義上，給予自己庇護。太子丹果然慨然收容了落難的樊於期，可是這可把燕王以及其他大臣都急壞了。

太傅鞠武再三勸說太子丹道：「樊於期這人是萬萬不能收容的啊！留下他必然是一個禍害！只會提供秦王一個攻打我們燕國的口實……」

太子丹卻怎麼也不肯，堅持說樊將軍曾經對自己有恩，現在不能忘恩負義。

鞠武建議讓樊於期改投匈奴，這樣至少可以消除秦王向燕國發兵的理由。太子丹也不同意，還不以爲然的

說：「把樊將軍打發到匈奴那裡去，我們就一定能夠安全嗎？恐怕也未必吧！」

太子丹固執的認爲，以秦王暴烈狠毒的性格，就算是他們把樊於期打發走，或者送還給秦國，秦王如果有心侵犯燕國，也還是絕對不會手下留情的。

說著說著，太子丹還忿忿不平的抱怨道：「難道就眞的沒有辦法可以對付秦王、對付秦國了嗎？」

鞠武說，那得從長計議啊，除了勵精圖治，單靠燕國的力量顯然是不夠的，一定還要設法重新聯合各諸侯國合力抗秦，比方說，向西可以和晉國結盟，向南可以聯絡齊、楚兩國，甚至還可以向北聯繫匈奴……

諸侯國之間也曾經合力抗秦過，但是秦王採納了尉繚的計謀，用重金輕易就瓦解了諸侯國的合作關係。

對於鞠武這番苦口婆心的勸說，以及各方面的分析，太子丹根本不愛聽，也不願聽，只一個勁兒的嚷嚷

著想要聯合諸侯國不僅困難重重，而且曠日持久，根本不可行。

鞠武沉默了。他知道個性剛愎又急功近利的太子丹，一直早有一個對付秦王的計畫，那就是——找一個勇士去刺殺秦王！

太子丹天真的盤算著，這應該是對付秦王最直接也最有效的辦法，只要行刺成功，一切的危機都可立即化解。

既然太子丹不肯採取從長計議的辦法，一心想要速成，鞠武只好說自己在這方面並不在行，而推薦另外一個人，表示太子丹可以去找這個人來商量。

太子丹一聽，果然馬上就興致勃勃的問道：「是誰啊？」

「就是老臣的至交田光。」鞠武回答。

田光在當地還小有點名氣，此人任俠好義，又頗擅

長劍術，問題是——此時田光已經七十歲啦！不過，太子丹似乎一點也不在意田光的年齡，馬上高高興興召見了他。

田光來到宮裡晉見太子，太子非常熱誠且恭敬的接待他，令田光深感受寵若驚。

稍後，太子丹屏退左右，以非常嚴肅和懇切的語氣對田光說：「現在國難當頭，需要一位勇士站出來，阻止秦王兼併天下的野心，我聽說先生劍術高超，爲人又勇敢又沉穩，希望先生能夠慨然爲燕國效力……」

田光明白了太子丹的意思，相當驚訝的說：「承蒙您如此抬舉，可是——那都是我年輕時候的事啊！現在，我已經老了！就算是千里馬，到了暮年，也比不上任何一匹普通的、年輕力壯的馬呀！我恐怕沒有辦法擔當如此大任……」

太子丹一聽，非常失望，皺著眉頭泄氣道：「啊，

眞的不行嗎？我本來還一心指望您的呀！」

田光考慮了一會兒，愼重的說：「這樣吧，我有一個朋友，名叫荊軻，也是一個豪俠，目前又正値壯年，我想他倒是可以勝任此事。」

「眞的？那太好了！」太子丹興奮異常，立刻要求田光爲他引薦荊軻。

稍後，田光離去之際，太子丹親自送他出來，一方面感謝田光推薦了荊軻，並叮嚀田光要荊軻盡快來宮裡共商大事，另一方面，太子丹也特意提醒道：「今天我們所說的都是國家大事，請先生千萬要提高警覺，保守祕密，千萬不能泄漏出去啊！」

「這是自然，不在話下，請太子放心吧！」

田光從宮裡出來，就直接去找荊軻。

荊軻是衛國人。他的先輩是齊國人，後來遷到衛國，然後又從衛國遷到燕國。荊軻此刻正在薊城。荊軻

在燕國也頗有名氣，許多人都知道他任俠好義，劍術又很高明，還紛紛尊稱他爲荊卿。

田光見到荊軻，就直接了當的說：「我剛剛從太子那兒回來，太子正在尋找一位能爲燕國效力的勇士。太子大概聽過一些我年輕時候的事，所以找到我，原本是指望我，可是我已經老了，哪能再擔當此重任？於是便向太子推薦了你，太子希望你能盡快去宮裡一趟，他想和你共商大事。」

「好，我這就去，」荊軻非常爽快的一口就答應下來，「太子還有什麼交代嗎？」

「有的，太子還交代我，這是國家大事，要我千萬不要泄漏出去。」，田光苦笑道：「太子這是不信任我啊！」

荊軻勸慰道：「先生不要想太多了……」

「不，」田光的神情十分嚴肅，「我要讓太子放心，我絕對不會泄漏半個字！」

說完，田光就突然抽出一把鋒利的匕首，以迅雷不及掩耳的速度往自己的脖子上一抹——頓時血如泉湧，田光倒在地上，很快就氣絕身亡了！

由於田光早就一心求死，動作太快，整件事發生得實在太突然，荊軻根本就來不及阻止。

當太子丹在最短的時間之內獲知田光已經自刎，頗爲震驚，馬上趕來撫屍痛哭道：「先生，你死得太可惜了呀！我絕不是那個意思啊！」

安排好田光的後事以後，太子丹便正式與荊軻見面。

太子丹說：「秦王貪得無厭，不占盡天下的土地，不把天下的老百姓都變成他的臣民，他是不會滿足的！現在，韓王已經被俘，韓國也已被納入秦國的版圖，秦國還即將攻打楚國和趙國！一旦趙國無力抵抗，向秦國俯首稱臣，那就一定會殃及我們燕國！我們燕國國小兵

◎荊軻刺秦王

弱，怎麼可能會是秦國的對手？放眼望去，如今想要聯合其他的諸侯國合力抗秦，只怕困難重重，我私下有一個大膽的計畫——」

太子丹說到這裡，刻意頓了一下，看著荊軻，認眞的說：「當年魯國的將軍曹沫，當眾出其不意的劫持了齊桓公，脅迫齊桓公歸還他們侵占魯國的土地，眞是大快人心！我私下以爲，這就是對付強秦最好的辦法！所以，我現在希望尋找一位有勇有謀的壯士，仿效曹沫的做法，脅迫秦王退還霸占我們燕國的土地，如果不行，就趁勢刺殺他！這麼一來，秦國一定大亂，我們也可以乘機聯合其他的諸侯國，打敗秦國，到時候天下蒼生都可以安心了！——先生願意爲燕國、爲天下百姓去做這件驚天地、泣鬼神的大事嗎？」

太子丹充滿熱切的看著荊軻，荊軻沉思了一會兒，緩緩開口道：「只怕我的能力沒有辦法擔當此重任啊！」

太子丹一聽就急了，「不會的，先生是最適合的人選，如果連先生都不肯，那就再也找不到適合的人選了！」

在太子丹一再懇切的要求下，荊軻終於同意了。

太子丹大喜過望，立刻尊荊軻爲上卿，將荊軻接進太子宮中，派人專門無微不至的侍候荊軻每天的生活起居，每日三餐全部供應大魚大肉，還送給荊軻很多珠寶美女。每天早晨，太子丹以其尊貴的身分，還親自來到荊軻房中向荊軻問安，共商國事。種種前所未有的禮遇，令荊軻的心裡十分感動。

太子丹當然希望荊軻能夠趕快行動，但是這樣過了好長一段時間，荊軻似乎仍然按兵不動。

這一年，是西元前二二八年，秦國剛剛滅了趙國，若加上兩年前第一個被秦國滅掉的韓國，已經有兩個國家都亡於秦國了！再說，秦國將趙國的土地納入版圖之

後，大軍仍繼續向北挺進，眼看已經逼近燕國的邊境，燕國上上下下全都一片驚惶。

燕王喜再次責怪太子丹不該收留秦國逃將樊於期，太子丹也很著急，就來找荊軻，說：「眼看秦軍馬上就要打到易水邊了！到那個時候，就算是我還想長久的侍奉荊卿，恐怕也是不可能了！」

言下之意，大有催促荊軻趕快動身的意思。

荊軻說：「太子丹不要著急，其實我也早就恨不得能夠立刻出發，可是，我們要做的這件事非同小可，必須有萬全的準備，如果倉促行事，只會招致失敗啊！」

太子丹想想也有道理，「那麼先生有什麼高明的意見嗎？」

荊軻說：「這些日子以來，我一直在想，這件事成功與否最大的關鍵在於我該如何取得秦王的信任？只有取得秦王的信任，我才有機會靠近秦王，也才有機會採

取行動……」

「那——依先生看，該怎麼辦呢？」

荊軻遂坦白說出自己思考已久的想法：「我聽說秦王一直很想得到燕國最肥沃的土地督亢，也一直很想得到逃將樊於期的首級——如果能夠帶著這兩樣東西出使秦國，一定會獲得秦王的接見，那個時候我就有機會下手了。」

督亢的地圖也就罷了，一聽到樊於期的首級，太子丹不禁爲之一愣，過了半晌，才非常爲難的說：「可是，樊將軍是窮途末路才跑來投奔我，過去又有恩於我，我怎麼忍心和他開口？還是請先生再想想別的辦法吧！」

荊軻不語。既然太子丹開不了口，那就由他來說好了。很快的，荊軻就悄悄去拜訪樊於期，對樊於期說：「秦王政實在是太殘暴了，不但殺光了您的家人和族人，

現在還懸賞千金、封邑萬戶要您的人頭，您打算怎麼辦呢？……」

樊於期聆聽了荊軻的計畫，沒有什麼猶豫，就非常平靜的說：「太好了，我一直苦無報仇雪恨的機會，多謝先生爲我指引了一條明路，我願意助先生一臂之力！」

說完，樊於期拔出寶劍，用力一揮，頓時就身首異處。

太子丹接到消息，和上次一樣，立刻趕來撫屍痛哭道：「將軍啊！我們一定會爲你報仇的！」

太子丹祕密處理了樊於期的後事，然後命人把樊於期的腦袋經過一番特殊處理之後，小心密封於一個木匣中。

在此之前，太子丹也早已爲荊軻準備了一把鋒利的匕首，並請工匠特別用毒水淬過火，只要一被這把匕首刺到，哪怕只是皮膚被刺破了一點點，都會立刻倒地身

亡。

接著，太子丹也命人把督亢的地圖準備好，那把能夠輕易致人於死的匕首就藏在地圖裡。太子丹還爲荊軻找了一個名叫秦舞陽的勇士充當副手，此人十三歲就殺了人，在當地算是一個狠角色，很多人都不敢正眼看他。

一切似乎都已準備妥當，可是，荊軻似乎還是沒有動身的意思。

太子丹有些沉不住氣了，擔心荊軻反悔，又跑來催促道：「時間緊迫，荊卿到底打算什麼時候動身啊？」

荊軻一聽，十分惱怒，「爲什麼要這樣一再催促呢？其實我之所以遲遲未走，是因爲還在等一個朋友，如果您以爲我是在有意拖延，那我現在就走好了！」

由於荊軻、秦舞陽等此行屬於高度機密，太子丹只帶了十幾個心腹，悄悄在易水岸邊爲他們送行。荊軻極

少數的好友如擊筑高手高漸離等也都來了。大家都知道荊軻這一去無論成功與否，都將有去無回，今天這樣的送行實際上就是生離死別，因此都紛紛穿著白衣，戴著白帽，彷彿是參加一場喪禮。荊軻看了，不由得感慨萬千。

好友高漸離擊起了筑，荊軻和著節拍，慷慨激昂的唱道：

風蕭蕭兮易水寒，
壯士一去兮不復還！

所有在場的人聽著聽著，都流下了激動的淚水。

到了咸陽，荊軻先用重金賄賂了秦國的權臣趙高和蒙嘉等人，表達了希望求見秦王政的意願。

稍後，正如荊軻先前所預料的一樣，當秦王政得知有一個燕國的使臣，帶著督亢的地圖和樊於期的首級來求見，果然非常高興，馬上就下令在咸陽宮安排極爲正

式和隆重的儀式，要召見燕國的使者。

這天，荊軻和秦舞陽，一個端著裝有樊於期首級的木匣，一個捧著地圖，沿著咸陽宮大殿的台階一步步的往上走。負責捧著地圖的秦舞陽，由於心裡有鬼，愈往上走就愈害怕，甚至開始不由自主的渾身顫抖。

秦舞陽反常的表現立刻引起了眾人的注意，秦王政左右的侍衛都很警惕，紛紛厲聲問道：「使者怎麼了？爲什麼會變了臉色？」

捧著木匣的荊軻回頭一看，看到秦舞陽恐懼和慌亂的神色，知道他是怯場，心知不妙，但他自己還是非常鎮定，而且反應機敏的迅速想出對策。

荊軻先是神色自若的朝秦舞陽笑了笑，再對秦王政解釋道：「粗野之人，從來不曾見過大王的威儀，所以才會怕成這個樣子，冒犯之處，還請大王原諒，請大王讓他完成使命！」

秦王政盯著渾身直打哆嗦的秦舞陽，還是起了疑心，就對荊軻說：「叫他把地圖給你，你自己一個人上來吧！」

荊軻便從秦舞陽的手裡接過地圖，獨自上殿，和木匣一起獻給秦王政。

秦王政先叫荊軻打開木匣，看了一下樊於期的腦袋，滿意的冷笑幾聲，接下來，又叫荊軻把督亢的地圖展開來看看。

隨著地圖一點一點的展開，荊軻的心情不由得也開始緊張起來，但是表面上他仍相當鎮定，推展地圖的手也絲毫不見抖動。而秦王政饒富興味的看著逐漸展開的地圖，臉上掛滿了志得意滿的笑容。

秦王政萬萬想不到，當地圖完全展開的時候，竟然會出現一把亮晃晃的匕首！

（後人所說「圖窮匕見」一詞的典故，就是出自於

此，用來比喻計謀敗露，無法再掩飾。）

秦王政大驚，立刻跳了起來。幾乎是在同一時間，荊軻也已經動作極快的一手抓起匕首，一手抓住秦王政的衣袖，就朝秦王政的胸口用力刺了過去！

可惜，這一刺落空了，荊軻舉起匕首，再度刺向秦王政，然而，秦王政用力掙扎，又閃掉了，只是袖口「嗤」一聲被荊軻硬生生的撕裂！

荊軻拚命再刺，秦王政則左閃右閃，彷彿才一眨眼的工夫，就已逃離荊軻四、五尺遠！

這一切發生得太快，所有的人都瞪大了眼睛，驚叫聲此起彼落，簡直沒有辦法相信眼前驚心動魄的這一幕！

只見稍稍逃離荊軻的秦王政趕緊去拔腰間的寶劍，但是因爲寶劍很長，劍鞘又重，秦王政一急之下，根本拔不出來！

這時，手持匕首的荊軻已經又衝了上來，秦王政只好又逃，兩人就這樣繞著大殿之上的大銅柱拚命的追逐。

按照秦國法律的規定，群臣上殿，都不許帶任何兵器，而有兵器的武士除非奉詔又不可以任意上殿，所以現在即使面對這突如其來的變故，以及千鈞一髮的場面，階下的武士雖然著急，一時之間也無法救護，只能眼睜睜地看著大王被刺客追殺。眼看大王就要被追上，那些手無寸鐵的群臣，救主心切，一個個都奮不顧身的衝上來，想要阻擋荊軻，還有一個侍醫在情急之下，抓起隨身的藥袋就用力朝荊軻擲了過去，荊軻趕緊伸手一擋，把藥袋打落在地上。

秦王政還在拚命拔劍。這時，殿下的侍從們紛紛大喊：「王負劍！王負劍！」

意思就是——「大王趕快把劍轉到背後！」

秦王政聽到了，馬上領略過來：是啊，寶劍太長，現在愈急愈拔不出來，只要趕快把寶劍推到背後，揚手往後一拔，一定就能拔出來了！

於是，秦王政一邊跑，一邊迅速把寶劍轉到背後，然後揚起手用力一拔，寶劍果然立刻就拔出來了！

至此情勢立刻改觀。荊軻手裡只不過是一把小小的匕首，秦王政現在卻揮舞著一把長劍，當然是秦王政占盡了上風！

秦王政轉過身，舉著寶劍，怒不可遏的衝向荊軻，一下就砍斷了荊軻的左腿！

荊軻倒了下來，把手中的匕首朝著秦王政奮力一擲——秦王政一閃，只聽到「噹！」的一聲，匕首深深的擲進了秦王政身後的銅柱！可見力道有多大！

秦王政殺氣騰騰的大步上前，一連刺了荊軻八劍！

荊軻身受重傷，自知這次的行動已無成功的希望，淒然

一笑道：「算你命大，我之所以會失敗，是因爲本來是想生擒你，迫使你歸還侵占的土地，來報答太子丹啊！」

這時，階下的武士已經紛紛衝上大殿，當即殺死了荊軻。

秦舞陽以及其他隨從，也很快就統統都被殺了。

秦王政本來就有兼併六國的野心，現在，攻打燕國的理由更加充分。

就在荊軻行刺的驚人事件結束之後不久，秦王政就派大將王翦等大舉攻燕。燕、代匆匆組成聯軍抵抗，但被秦軍破於易水之西。

翌年，秦又調派大軍增援王翦，果然勢如破竹，很快就攻陷了薊城。燕王喜和太子丹率領部隊狼狽逃向遼東，但秦將李信一路窮追不捨，在衍水（今遼河流域）大破太子丹的軍隊，燕國可以說已危在旦夕。

有人向燕王出主意，說秦軍現在會如此步步進逼，

一定是因爲太子丹策畫了行刺事件，引起秦王政的震怒，如果燕王殺了太子丹，秦王政或許就會放過燕國一馬。當時，爲了保命，持這種意見的人爲數還不少，燕王喜迫於強大的壓力，無奈之下只得忍痛殺了太子丹，並將太子丹的頭顱獻給秦軍求和。然而，秦王政對於此舉絲毫不爲所動，西元前二二二年，秦將王賁殲滅了燕國的軍隊，俘虜了燕王喜，燕國就這樣亡國了。

緊接著，就在滅了燕國之後的第二年，秦將王賁奉命攻齊，又滅了六國之中最後一個齊國。也就是在這一年，西元前二二一年，經過十年的不停征戰，時年三十八歲的秦王政終於統一中國，建立了中國歷史上第一個中央集權國家，並自命爲始皇帝，從此，後人都稱他爲「秦始皇」。

刺客的故事

所謂「刺客」，在古代是指講信義的俠士和勇士，大致又分爲兩類，一爲「士爲國家者死」（當然，也包括「爲人民而死」），二爲「士爲知己者死」；在下面三則故事中，曹沫和高漸離屬於前者，聶政則屬於後者。

曹沫

曹沫是魯國人。魯莊公特別喜歡大力士，而曹沫正好是大力士，所以很受魯莊公的賞識和喜愛，還被封爲將軍。

但是，曹沫領軍與齊國交戰，因爲雙方實力懸殊，

接連吃了三次敗仗。魯莊公害怕了，便想把遂邑那個地方獻給齊國來求和。

齊桓公同意了魯莊公的請求，並答應魯莊公在柯這個小城相會商訂盟約。當天，曹沫仍然以將軍的身分陪同魯莊公赴會。

就在齊桓公與魯莊公會盟於壇上的時候，發生了一件令在場所有的人都意想不到的事——曹沫竟然手持匕首上壇劫持了齊桓公！

事發突然，所有的人都驚愕不已。齊桓公的左右怕傷及桓公都不敢貿然採取行動，只能盯著曹沫，大聲喝問道：「你想幹什麼？」

曹沫對齊桓公慷慨陳詞道：「齊國強大，魯國弱小，你齊國恃強凌弱，侵占我們魯國的領地實在是太過分了！如今，我們魯國邊城已無郊，城垣塌壞很快就要迫近齊國的國境了，君王你好好考慮考慮吧！」

齊桓公迫於無奈，只得答應全部歸還所侵占的魯國土地。見目的達到，曹沫便丟掉七首，走下壇，面朝北坐在群臣的位置上，而且面不改色，言談舉止也都很自然，就好像什麼都沒發生過似的。

事後，齊桓公愈想愈氣，又不願把侵占的土地就這樣還給魯國了，可是這麼一來就等於是要背棄自己剛剛作出的承諾，宰相管仲極不贊成，就勸阻道：「不能這樣！如果爲了貪一點小小的便宜，或逞一時之快，而在諸侯們的心目中失掉信用，這就將失掉天下的援助，還不如將土地還給魯國算了。」

齊桓公想想也有道理，終究還是把侵占的土地統統還給魯國，也就是說，曹沫不惜冒著生命危險當眾劫持齊桓公，還果眞把自己之前三戰三敗所失掉的土地，又全部都要回來了。

高漸離

西元前二二七年，荊軻行刺秦王的行動失敗之後，秦王立即派大將王翦等大舉攻燕。西元前二二一年，秦王歷經十年，更完成了滅掉六國，統一天下的大業。可是，儘管已時隔六年，秦始皇仍號令天下積極通緝當年太子丹的門客，門客們雖然都早已潛逃，但依然過著提心吊膽的日子。

荊軻生前的好友，也就是擊筑高手高漸離，也早已隱姓埋名，給別人當僕傭，藏匿在宋子那個地方（今河北省趙縣東北）做工，日子過得非常辛苦。

（筑，是一種形狀頗像琴的十三弦的古樂器，用竹片擊之來發音。）

有一天，高漸離無意中聽到主人家的堂上有客人在

擊筑，忍不住駐足傾聽，捨不得離去。從此，每當聽到堂上傳來擊筑聲，高漸離都會停下來仔細欣賞，聽多了也忍不住評論幾句，儘管他這些評論不過是自言自語，久而久之還是被別人聽到了，有人就跑去告訴主人，說高漸離好像不是一般的僕傭，好像是懂音樂的。

主人半信半疑，便將高漸離喚來，要他擊筑，高漸離也不推辭，大大方方坐下來就開始演奏。儘管已經好長一段時間沒有碰筑了，但是他精湛的琴藝似乎並沒有退步，一曲演奏完畢，舉座震驚，都大爲稱讚他擊得好，主人還非常高興的賞賜美酒給他。

高漸離的內心也頗爲激動，並突然感覺到，老是這樣躲躲藏藏，活在恐懼和壓抑之中也不是辦法，這種日子是沒有盡頭的……想著想著，高漸離有了一種想法，乾脆還是以眞面目堂堂正正的示人吧！

於是，他請求退出堂來，回到自己的房間，從隱密

的角落拖出一口箱子，從裡面取出自己的筑和好衣服，重新整裝一番再走上前去。滿座的客人看到他，都驚訝不已，連忙下座與他以禮相見，並客客氣氣的請他作上客，還要求他再爲大家擊筑。這一回，高漸離更是放開來演奏。他一邊擊筑一邊唱歌，投入了自己眞摯的情感，深深感染了在場每一個人，使每一個人都情不自禁的流下了眼淚。

高漸離的琴藝很快就在宋子這個地方傳開了，而且名氣愈來愈大，很多大戶人家都得排著隊輪流請他去作客。漸漸的，高漸離的名聲傳到了秦始皇的耳裡，喜歡聽擊筑的秦始皇很想見識一下這位擊筑高手的琴藝，便召見了他。

照說高漸離應該趕緊潛逃才對，可是他沒有，自從他決定不再躲藏，要以眞面目示人的那一刻開始，便已將生死置之度外了。

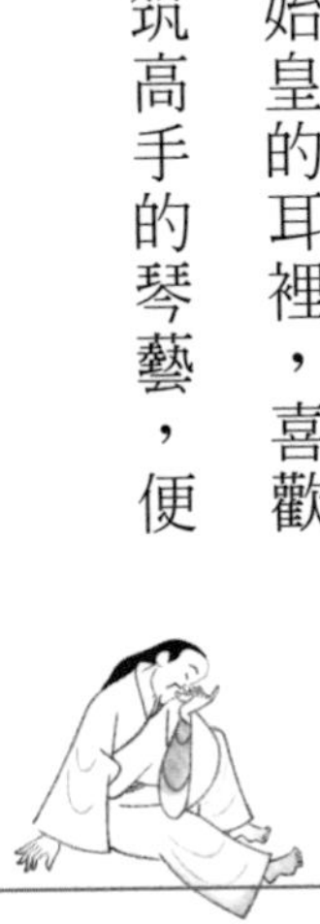

高漸離勇敢從容的前往秦王宮，果然馬上就被認了出來，有人立刻向秦始皇報告：「這是高漸離呀！」

但是，秦始皇在欣賞了高漸離的擊筑之後，徹底被他的音樂征服了，實在不忍心殺他，便特別赦免了他的死刑，然後熏瞎他的眼睛，把他留在宮裡，經常叫他擊筑。

失明的高漸離並沒有抱怨，堅強的活著。一方面是因爲他畢竟還擁有音樂，另一方面是他內心深處還有一個祕密……

當年荊軻在前往秦國之前，少數幾個朋友在易水邊爲荊軻送行，大家的心情都很沉重，都知道今日一別就是永別。當時，高漸離擊起了筑，荊軻也和著節拍慷慨悲歌……時隔多年，這些情景依然經常浮現在高漸離的腦海，歷歷在目……現在，高漸離有一個計畫——他希望完成至交荊軻未竟的使命！就是這股意念支撐著他，使

他默默忍受著失明的痛苦，並耐心的等待著機會。

秦始皇每次聽高漸離擊筑，都大爲誇讚。爲了能更好更清楚的聆聽高漸離擊筑，秦始皇遂命高漸離坐得近一些。隔了一段時間，秦始皇覺得距離還是太遠，又命高漸離再靠近一些。等到高漸離感覺距離已經夠近的時候，便悄悄將鉛熔灌在筑中，趁著一次爲秦始皇演奏的機會，舉起心愛的筑，朝著秦始皇發話的方向奮力一擊！很可惜，還是落空了，高漸離也因此立刻被殺。

不過，秦始皇仍受到不小的驚嚇，並突然意識到原來亡國奴會對自己有這麼深的仇恨。據說，秦始皇從此再也不敢接近六國的人了。

聶政

秦始皇從西元前二三〇年首滅韓國，陸續又滅了魏、楚、趙、燕、齊。聶政的故事，是發生在秦始皇尚未展開兼併六國的行動之前。

聶政是魏國軹（ㄓˇ）邑深井里那個鄉村的人，因殺了人，爲了避禍而與母親和姊姊一起逃到了齊國，以屠狗爲業。

這樣過了很長一段時間，一個名叫嚴仲子的人來到齊國，四處尋找一個勇敢的大力士，有人便向嚴仲子推薦，說聶政就是一個非常合適的人選。

於是，嚴仲子就親自來到聶政家中求見，可是聶政覺得彼此素不相識，自己向來也不喜歡去高攀那些權貴名門，所以根本就不想見嚴仲子。嚴仲子被拒絕之後，

並不氣餒，又一連跑了好幾趟。後來，有一天，嚴仲子帶著美酒，又來到聶政家，親自敬奉到聶政母親的面前。聶政本來就是一個孝子，見嚴仲子對母親這麼尊敬，心裡很是感動。待酒酣耳熱之際，嚴仲子又手捧黃金百鎰（ㄧˋ），恭恭敬敬的送到聶政母親面前，作爲禮物。

（鎰，是古代的一種重量單位，一鎰合二十兩或二十四兩。）

素昧平生，嚴仲子竟然送這麼厚重的禮物，令聶政感到困惑。這時，嚴仲子就屏退左右，悄聲對聶政說：「我已周遊了許多諸侯國，就是希望能尋求一位勇士替我報仇，我一來到齊國，就有人向我推薦你，說你是一個非常講義氣的人……」嚴仲子並且暗示，他是在尋找一位願意爲自己捨身去報仇的人，而這黃金百鎰則是作爲一筆安家費。

聶政以老母健在，需要自己奉養爲由，拒絕了嚴仲子的要求。嚴仲子也沒有再繼續遊說，而且仍然要把厚禮留下來，可是聶政堅決不肯接受。

又過了很久，聶政的母親死了。聶政安葬了母親，一眨眼三年喪期也滿了，可以除去喪服了。聶政馬上就想到了嚴仲子，心想：「我只不過是一個市井小民，以屠宰爲業，嚴仲子是位居卿相之官的人，卻不畏千里之遙，屈駕來和我交往，還曾親手奉黃金百鎰要送給母親，雖然我沒有接受，可他實在是很看重我啊！那個時候我因還要侍奉母親，所以不能幫他的忙，現在既然母親已經終享天年，是該報答嚴仲子的時候了！」

聶政主意打定，便向西去到濮陽，找到嚴仲子，向他表明現在可以爲他去報仇了，並詢問嚴仲子：「你的仇人是誰？」

嚴仲子據實以告：「是韓國宰相俠累，他同時也是

韓國君王的叔父……」

聶政聽了，表現得很鎮定，並沒有被嚇到的樣子。嚴仲子把自己與俠累結怨的經過告訴聶政，並且對聶政說：「他的宗族很多，居住的地方守衛也很森嚴，我曾打算派人去刺殺他，但終究沒辦法達到目的，今天既然你肯幫我，我可以準備充足的車馬以及壯士，作爲你的助手。」

聶政卻拒絕了這樣的安排。聶政對嚴仲子說：「現在要去刺殺的是韓國的宰相，也是韓國國君的親戚，這應該是何等機密的事，愈少人參與愈好，否則萬一到時候有人被生擒，供出是奉你之命前去行刺，不就會惹得韓國上下都與你爲敵了嗎？對你不是就會很危險嗎？」

韓國的國都與濮陽並不遠，聶政向嚴仲子告辭之後，便隻身持劍步行到韓國，尋到宰相府，就徑直殺入，果眞刺殺了宰相俠累！相府裡一片混亂，被聶政擊

殺的人有幾十個。完成任務之後，聶政爲了不教人認出自己，還以非常堅決的態度，剝掉自己的臉皮，挖掉眼睛，用劍剖開自己的肚子，把腸子拉出來，毀掉自己的相貌和身體而死。

宰相遇刺之後，韓國人決心要追查刺客的身分，竟將聶政殘缺的屍體拋扔在街市上，查問他的姓名，但沒有人知道，後來官府又重金懸賞，宣布只要有人能說出刺客姓名，就可以得到一千兩黃金，但還是沒有結果。

這時，聶政的姊姊聶嫈輾轉聽說有人刺殺了韓國的宰相，懷疑那個暴屍街頭的刺客是自己的弟弟，立刻動身前往查看。一看之下，她發現果然就是聶政，便伏在屍身上痛哭，並且告訴四周圍觀的人說：「這個人是軹縣深井里的人，名叫聶政。」

有人就問：「這人跟妳是什麼關係？」

聶嫈嗚咽道：「他是我弟弟……」

「什麼？」眾人大吃一驚：「他刺殺了我國的宰相，現在官府正在追查他的眞實身分，難道妳不知道？要不然爲什麼還敢來相認？這對妳其實是相當不利的呀！」

聶嫈說：「我知道，我也明白弟弟是想保護我，才寧可自殘肢體，以便讓人認不出他，從而切斷牽連他人的線索，可是我又怎麼能爲了害怕招致殺身之禍，就讓弟弟這樣暴屍街頭呢？弟弟實在是一個極重情義的男子漢啊！他會來刺殺貴國宰相，完全是爲了報答嚴仲子在他貧困之中賞識他，願意與他交往，有道是『士爲知己者死』，嚴仲子待我弟弟這麼好，我弟弟又能怎麼辦呢？」

聽了聶嫈的這番話，周圍的民眾更加震驚。

聶嫈繼續撫屍痛哭，不久就死在聶政的身旁。

後來，各諸侯國很多聽說了這件事的人，都紛紛說：「不僅聶政是一個義士，他的姊姊也是一個烈女

啊！」

不過也有不少人對於聶政行使的「義」頗不以爲然。這也是所謂「士爲知己者死」這一類刺客的局限性。

藺相如完璧歸趙

在趙惠文王的時候，趙國從楚國那裡得到了一塊價值連城的寶貝——和氏璧。

和氏璧的名氣很大，很多國君都想得到它，秦昭王也是其中之一。當秦昭王聽說和氏璧現在是在趙惠文王手中，便寫了一封信派人送給趙王，說願意拿十五座城池來和趙王交換和氏璧。

趙王接到這封信，趕緊把包括大將廉頗在內的許多大臣找來一起商議，大家都覺得這件事非常棘手。如果拒絕秦王的要求，擔心秦王會立刻以此爲藉口出兵；如果把和氏璧乖乖奉上，又擔心秦王所謂「用十五座城池交換」只不過是隨口說說，那豈不是白白損失了和氏璧？

有人提議不如派一個使者去和秦王當面討論一下。這個提議雖好，馬上就獲得大家的一致贊同，可是到底該派誰去？大家想了半天也沒能商定一個合適的人選。

這時，宦官的頭領繆賢說，他有一個食客，名叫藺相如，應該可以擔當這項任務。

趙王就問：「這是一個怎樣的人？你怎麼知道他可以呢？」

繆賢就當著趙王和群臣的面，陳述了自己的理由。

原來，繆賢曾經犯過罪，在東窗事發之際，曾經打算逃往燕國，以躲避很可能要面臨的懲罰。可是，當藺相如得知繆賢的逃亡計畫之後，極力阻止。

藺相如問繆賢：「你逃到燕國去，怎麼知道燕王就一定會收留你呢？」

繆賢說：「我曾經跟從大王和燕王在國境上碰過面，當時燕王曾私下握住我的手對我說，願意和我作朋

友的呀！」

藺相如說：「那是因爲趙國強大、燕國弱小，你又深得趙王寵信，燕王想巴結你才這麼說的，現在如果你眞的去投奔燕王，燕王懼怕趙王，只怕不僅不敢收留你，反而還會把你捆綁起來送還趙國呢！」

「那我該怎麼辦啊？」繆賢慌得毫無主意。

藺相如便建議道：「你不如乾脆向大王求饒，主動認罪，或許還可以僥倖獲得赦免。」

繆賢硬著頭皮聽從了藺相如的計謀，結果果然獲得了趙王的赦免，終於逃過了一劫。

「原來是這樣的啊！」聽繆賢這麼一說，趙王恍然大悟，也覺得藺相如確實是一個人物，便把藺相如召來，把秦王要用十五座城池交換和氏璧的事告訴他，然後問他的意見。

藺相如說：「秦國強大而趙國弱小，秦王的要求，

我們不可能不答應。」

趙王說：「這個我也明白，可是——如果他把和氏璧拿走，卻不給我那十五座城，該怎麼辦？」

藺相如說：「現在是秦王要求用十五座城池來交換和氏璧，如果我們不肯，是我們理虧，如果我們將和氏璧給了秦王，秦王卻沒有遵守諾言，則是秦王理虧。依我看，兩相權衡，還不如答應秦王，讓秦國背上理虧的包袱。」

趙王想想，覺得似乎也沒有更好的辦法了，便無奈的詢問道：「誰可以擔當這項使命呢？」

藺相如說：「我願意去！」

他並且立刻定下了目標：「我願意捧護此璧出使秦國，如果那十五城池順利劃歸趙國，和氏璧就留在秦國，如果沒有，我就將和氏璧完好無損的帶回趙國！」

這可是一項極其艱鉅的任務啊！

於是，趙王就派遣藺相如帶著和氏璧向西去到秦國。

到了秦國，秦王高興的接見了藺相如，但並不是在宮廷裡以隆重正式的禮節接待，對此藺相如已敏感的意識到秦王似乎誠意不足，所謂要用十五座城池交換和氏璧恐怕只是一番空言。果然，當藺相如奉上和氏璧之後，秦王只顧興高采烈的將和氏璧依次傳遞給姬妾和左右侍臣們欣賞，大家紛紛都爲秦王獲得和氏璧而歡呼慶賀，根本沒人提起什麼交換城池的事，看秦王那得意洋洋的模樣，顯然也早已把自己先前的承諾完全拋之腦後。

藺相如確定秦王是絕對不會履行諾言了，現在，當務之急是要趕緊把和氏璧拿回來！

怎麼拿呢？若想要靠蠻力硬搶，或是義正詞嚴的索回，絕對都不會成功，藺相如知道，此刻只能靠智取！

他很沉得住氣，不動聲色的走上前，恭恭敬敬的對秦王說：「有一件事，必須如實稟告大王，這塊璧上其實仍有一小處瑕疵。」

「哦，是嗎？」秦王把和氏璧從一個寵姬手中拿回來，瞇著眼定睛瞧了半天，納悶道：「看不出來呀，看起來是完美無瑕呀！」

藺相如說：「請容我指給大王看吧！」

「好，你指給我看。」秦王不疑有詐，很快便將和氏璧交給藺相如。

藺相如一接過和氏璧，馬上急急後退幾步，將身子靠在一根庭柱上，表情也全變了。他收起方才謙恭的樣子，怒視著秦王，憤怒得好像連頭髮都要豎起來，而且活像是要把頭上戴的帽子都衝開似的。

接下來，藺相如慷慨陳詞道：「當初，趙國群臣都對趙王說，秦國非常貪婪，想用一番空話來索要和氏

璧，都認爲不應該把和氏璧送到秦國來，可是我認爲朋友交往都應該以誠信爲本，不應該互相欺騙，何況是一個泱泱大國呢！但如今看來是我錯了，你大王顯然是不可能眞的用十五座城池來交換和氏璧，所以我只有把和氏璧拿回來，如果你派人來搶，想用武力逼迫我，我就跟和氏璧同歸於盡！我現在就可以把自己的腦袋和這塊璧一起撞碎在這根庭柱上！」

說著，藺相如就把和氏璧高高舉起，並斜視著庭柱，做出隨時要撞擊庭柱的樣子。

看藺相如那麼激動，秦王害怕他眞會這麼做，急忙阻止，一方面自知理虧說了幾句自己的不是，另一方面也叫人趕快把地圖拿來，用手指向這裡那裡胡亂比畫了幾下，說這些都是打算要送給趙國的城池。

藺相如料定秦王此刻只不過是在敷衍，便說：「和氏璧是天下所共有的傳世寶物，趙王要送出和氏璧的時

候，曾經齋戒了五天，以示對這寶物的恭敬，我認爲現在大王你也應該齋戒五天，並在宮廷中設置九賓之禮，我再正式把璧奉上。」

秦王沒辦法，只得接受了藺相如的要求，先安排藺相如住下，約定好五天後再取和氏璧。

結果，藺相如命隨從換裝，把和氏璧揣在懷中，抄小路悄悄的連夜就把和氏璧送還到趙國。

五天之後，秦王果眞在宮廷中設置了正式的九賓之禮，隆重召見趙國使者藺相如。

秦王說：「現在你可以把和氏璧給我了吧？」

藺相如卻不慌不忙的說：「秦國從繆公以來，已經歷了二十多個君王，從來就沒有一個肯遵守約定的，坦白說，我確實害怕被大王你欺騙而對不起趙國，所以我已經派人把和氏璧送回去，現在已經到達趙國了！」

「什麼！」秦王大怒道：「你好大的膽子！竟敢欺騙

我！」

在場群臣也都議論紛紛，同感憤怒！

藺相如高聲道：「我知道欺騙大王是死罪，我請求受『湯鑊（ㄏㄨㄛˋ）』之刑！可是在我赴死之前，請容我再說幾句話！」

「鑊」的樣子像一個沒有腿的鼎，是古時候專門用來煮東西的大鍋。「湯鑊」是古代的一種酷刑，把犯人丟進燒開的油鍋中活活煮死。

「你說吧！」秦王氣呼呼的吼道：「我看你還有什麼話好說！」

藺相如平靜的說：「秦國強大，趙國弱小，如果大王肯先依約割十五座城池給趙國，作爲交換和氏璧，趙國哪敢白白拿了大王給的城池，卻還霸占著和氏璧不趕緊送來呢？」

簡單一句話，就是要求秦王先割讓城池。

秦王左右都覺得藺相如太過放肆，紛紛拉著藺相如，準備眞的要把他丟進油鍋裡，這時，秦王說：「罷了！現在就算殺了他，也得不到那塊璧了，反而還會大大破壞了秦趙兩國之間的友好，倒不如趁此機會厚道的款待他，送他回趙國吧！」

藺相如完璧歸趙，趙王非常高興，認爲藺相如是一個不可多得的有勇有謀的人才，立刻授予他上大夫的官職。

秦王本來就無意要眞的割讓城池來交換和氏璧，在用空話索璧不成之後，愈想愈氣，愈想愈惱，乾脆發兵攻打趙國，很快就奪下石城這個地方。第二年，秦王派兵再次攻打趙國，殺戮趙國達兩萬人。

不久，秦王派使者告訴趙王，說他願意與趙王在澠（ㄇㄧㄢˇ）池（今河南省）會面，表示友好。趙王本來不敢去，但大將廉頗及上大夫藺相如都力勸趙王赴會，他們

都認爲趙王如果不去，就表示趙國不僅弱小而且還很怯懦，未來只能任由秦國宰割。

趙王只得勉強去了。藺相如同行。廉頗送他們到了國境，即將分別的時候，廉頗對趙王說：「大王走了以後，我估計與秦王會面結束再回到國內，絕對不會超過三十天。如果在三十天以後大王還沒有回來，那就懇請大王讓我們立太子爲王，以便斷絕秦國用大王爲人質來對趙國進行威脅要挾。」

此番建議聽起來雖然有點兒無情，畢竟也是爲了國家著想，趙王還是相當識大體、顧大局的同意了。

到了澠池會那一天，雙方初見面時氣氛還算友好。不料，秦王在喝酒喝得頗爲盡興時，突然命人抬了一台瑟進來，對趙王說：「聽說趙王對音樂很有興趣，這是我特別爲你準備的，好讓你彈奏。」

說完，便用手勢示意趙王彈奏。趙王不知該如何拒

絕，只得彈了。

（「瑟」是古時候與琴並稱的樂器，比琴來得大，通常配有二十五弦。）

更過分的還在後頭。當趙王彈奏完畢，秦國一位負責記載國家大事的史官，竟然在本子上立刻寫下日期，還這樣記載道：「在這一天，秦王與趙王在澠池相會飲酒，並且命趙王鼓瑟。」

這實在是欺人太甚，同樣是一國之君，憑什麼趙王要在秦王的命令之下鼓瑟呢？

此時，方才曾經有過短暫的友好氣氛已蕩然無存。在這種既尷尬又緊張的時刻，趙王自己或趙國所有的臣子該如何扳回一城呢？

只見藺相如氣定神閒的走上前，對秦王說：「趙王也聽說秦王非常擅於唱秦地的歌，請允許我也進獻一個瓦器給您，讓您敲著唱歌，好與我們趙王互相應答，互

相取樂。」

說著，果然命人迅速拿來一個瓦器。這種瓦器，是民間專門用來盛水用的，質地十分粗糙，如今藺相如居然要求高貴的秦王來敲擊它，實在是太不成體統了！

秦王自然非常氣憤，斷然拒絕。

藺相如說：「那麼，在這短短五步的距離之內，我頭頸裡的血馬上就要濺到你大王的身上了。」

秦王聽出這是藺相如打算要和自己同歸於盡的意思，大驚失色，因爲這時藺相如已經離他這麼近，秦王不知道藺相如的身上是不是暗藏了什麼武器？

在極爲不得已的情況之下，秦王只好鐵青著臉，心不甘、情不願的敲擊了一下那個瓦器。

藺相如滿意了，立即回頭命趙國的史官這樣記載：「在這一天，秦王爲趙王敲擊瓦器。」

突然，秦國的群臣大聲叫道：「請趙國把十五座城

送給秦王，作爲壽禮！」

藺相如不甘示弱，立即高聲回應道：「請秦國把國都咸陽送給趙王，作爲壽禮！」

就這樣一來一回，直至整個酒宴結束，秦王的風頭終究沒有蓋過趙王，趙國也保持了應有的尊嚴。

澠池會結束，趙王一行回到趙國之後，趙王認爲藺相如的功勞很大，授藺相如上卿的官位。這麼一來，藺相如的官位就在廉頗之上了。

這使得廉頗的心態很不平衡，憤憤不平道：「我是堂堂的將軍，出生入死，戰功無數，藺相如只不過是憑著一張嘴皮子，如今居然爬到我之上！何況他出身那麼低，最初不過是宦官家裡的食客，現在我位居在他之下，實在是倍感羞辱！」

廉頗氣憤之餘，甚至揚言道：「當我見到他，一定要當面好好的侮辱他！」

這番氣話很快便傳到藺相如的耳裡，從那以後，藺相如便常常刻意避開與廉頗碰面的各種機會，以免在位次先後又發生什麼不愉快。到後來每當藺相如出門，遠遠一看到廉頗，便命令車夫馬上回避。

久而久之，藺相如門下的食客都對藺相如這樣的作法感到非常不以爲然，便一起帶著質問的口氣問藺相如道：「你和廉頗是一樣的地位，如今廉頗口出惡言，你不爲自己爭個公道；反而處處畏懼他、躲著他，你的勇氣都到哪裡去了？我們可都是仰慕你的勇敢和高尚的道德才紛紛來投奔你的呀！你在廉頗面前表現得這麼膽小，難道不覺得羞恥嗎？」

藺相如只是笑笑，若無其事的反問道：「依你們看，廉將軍與秦王，哪一個強？」

眾人異口同聲：「當然是秦王強。」

藺相如說：「這就是了，秦王那麼強，我都敢兩度

當眾給他難看，讓他下不了台，還氣得牙癢癢的，我怎麼會是膽小的人？只是我若與廉將軍不和，就像兩虎相鬥，不但日後我們倆都不能活命，對整個國家社稷也都將是致命的傷害！所以，爲了國家前途，我怎麼能夠斤斤計較於個人的恩怨呢？」

又過了一段時日，廉頗聽說了藺相如這番想法，深受感動，同時也感到萬分慚愧，便解開上衣，露出背部，光著膀子，背著刺人的荊杖，由賓客領著來到藺相如家請罪，並有感而發道：「我是一個卑鄙的小人，過去一直不知道您對我寬容到這樣的地步啊！」

（這就是「負荊請罪」的典故，表示眞誠的道歉。）

廉頗勇於認錯的氣度，也令在場所有的人都感到非常佩服和激賞。藺相如和廉頗從此完全消弭了矛盾，後來還成了生死至交。

戲曲故事中的〈將相和〉，就是藺相如和廉頗的故事。

呂不韋傳奇

秦始皇在中國歷史上是一個「功大過亦大」的君主，他所建立的秦朝雖然只有短短的十幾年，他所建立的封建制度卻持續了兩千多年。可以說秦始皇對於中國歷史的發展產生了極爲深遠的影響。

秦始皇的身世頗有些傳奇色彩，這同時也是呂不韋的傳奇。呂不韋從一個生意人，後來居然做到秦國的相國，變化之大，過程之戲劇性，令人咋舌。更值得一提的是，這種極富戲劇性的際遇，並不是突如其來的憑空降臨到呂不韋的頭上，而是呂不韋自己一步一步經營出來的。

他究竟是如何辦到的？

那是在戰國時期，呂不韋因爲做生意的關係來到趙

國的國都邯鄲。呂不韋長期從事投機生意，當時已是一個資產雄厚的富商，不過他並不滿足，當他在邯鄲偶然間結識了一個來自秦國的落魄公子「異人」之後，就迅速動腦筋打起「異人」的主意，想要利用「異人」來做一筆天大的生意。

那天，呂不韋回到家，滿面笑容的問父親：「種田得利能有幾倍？」

「十倍吧！」

「販賣珠寶得利能有幾倍？」

「一百倍吧。」

「那麼，」呂不韋又問：「如果擁立一個人，使他成爲一國的君主，得利又會有幾倍？」

父親看著他，覺得他這個問題問得眞是奇怪，隨口說道：「自然是無數倍了。」

「我也認爲這樣的投資，回收絕對是大到無法計

算！」呂不韋說：「更可觀的是，這些利益和福澤還可以傳世，讓我們呂氏家族後世子孫也都能跟著受益無窮，這種生意豈不是大大的划算！我看哪要做就應該做這種一本萬利的生意！」

父親說：「你說得倒簡單，這種事哪有這麼容易啊！」

呂不韋胸有成竹，信心滿滿的說：「是不簡單，但我肯定可以做得成！我已經找到適合的人選了！我要在他身上投資一筆沒有人想得到的生意！」

這個適合的人選就是異人。

而後人所說的「奇貨可居」，典故也正是出於此。

於是，呂不韋開始非常主動的去與異人交往，表示友好，很快便成爲異人在邯鄲少有的朋友。

有一天，呂不韋對異人說：「您在秦國既沒有母后作您的後盾，現在又被送來這裡當成人質，處境堪憂，

萬一秦、趙兩國撕毀了盟約，您恐怕就性命不保了啊！」

這幾句話簡直就是講到異人的心坎裡去了。他重重的嘆了一口氣，可憐兮兮的說：「只能怪我命不好吧！」

在戰國時代，儘管結盟的雙方都要互派一位王室的兒孫到對方的國家，表示結盟的誠意，但誰都知道被派出去當作人質的，不可能是王室中的重要成員，一定都是可有可無的角色，因爲這種結盟關係本來就很脆弱，說毀就毀，一旦毀約，身在對方國家的人質一定立刻遭殃，但也沒人會在乎，沒人會心疼。

這位異人，就是這麼一個倒楣的王室成員。

當時，秦國是秦昭王在位，秦昭王採取范雎所建議的「遠交近攻」的策略，來處理與其他國家之間的關係；一方面進攻與秦國相鄰的韓、魏兩國，另一方面又與距離秦國較遠的趙、齊等國結盟。

秦、趙結盟之後，在秦國這方面，要選派赴趙國擔

任人質的人選時，目標鎖定在太子安國君的兒子們身上。安國君有二十幾個兒子，異人既非長子，排行居中，母親又不得寵，所以就這麼被選中，旋即被送到趙國來。

自從來到趙國之後，異人沒有一天不是提心吊膽的過日子，生怕不知道哪一天，只要秦、趙盟約破裂，自己鐵定就會被趙國殺了；即使現在表面上好像很安全，趙國的王公貴族也沒幾個人看重他，把他放在眼裡。

但是，對於發生在自己身上的這一切，異人除了怨嘆自己命苦，還能怎麼辦呢？

沒想到，現在呂不韋卻說：「我有一個很好的計畫——我可以助您回國，再讓您成爲秦國未來的國君！」

「什麼？」異人瞪大了眼睛看著呂不韋，頗爲不悅的說：「您何必要這樣尋我開心呢？」

是啊，對於這個時候的異人來說，這是一個多麼不

可思議的理想啊！是他連做夢都不敢想的……

可是，呂不韋十分認眞的對異人說：「我當然不敢尋您開心，更不敢和您開玩笑，只要您願意按照我所說的去做，一切聽從我的計畫，我自有辦法！」

由於做生意的關係，呂不韋本來就經常來往於各國，對於各國的政局也向來比較留心，所以都有一定的了解，甚至是各國宮廷裡一些不爲人知的內幕，呂不韋都掌握得相當清楚。

秦昭王的年紀已經很大，太子安國君繼承王位的日子應該是指日可待。安國君在所有後宮佳麗之中，最寵愛的是華陽夫人，偏偏華陽夫人膝下無子，呂不韋判斷華陽夫人一定爲此非常煩惱，便打定主意要從華陽夫人這裡著手。

呂不韋當然沒有辦法直接一下子就接觸到華陽夫人，所以就設法先接近華陽夫人的弟弟——陽泉君。

在下了一番工夫，與陽泉君混得比較熟，取得了陽泉君的信任之後，有一天，呂不韋故意用一種非常沉重的口氣對陽泉君說：「您現在的日子固然過得相當不錯，但是，身爲您的好友，唉，我眞是忍不住要爲您的未來而擔憂啊！」

陽泉君被呂不韋這種愼重其事的嚴肅模樣給嚇了一跳，忙問怎麼回事？

呂不韋說：「您的馬圈裡養著那麼多的駿馬，您的後宮裡住著那麼多的美女，您的府庫中珍藏著那麼多的奇珍異寶，您有沒有想過，您所擁有的這種令人欽羨不已的生活是怎麼來的？說穿了還不就是因爲您的姊姊華陽夫人受寵的緣故啊！就因爲華陽夫人受寵，如今連您的手下也差不多一個個都是位居高官，反觀太子手下的人卻沒有一個是達官顯貴，您不擔心這樣會引起太子的嫉恨嗎？」

一聽呂不韋這麼說，陽泉君立刻表情大變，盡是懊惱、恐懼和不安的神色。陽泉君心想，是啊，自己實在是太得意忘形了，怎麼從來沒有想過如此養尊處優實在是很不妥呢？

呂不韋見自己的分析已經打動了陽泉君，馬上打鐵趁熱繼續說道：「如今大王年事已高，一旦大王駕崩，太子登基，您想到那個時候太子還容得下您嗎？只怕您那個時候的處境會比堆起來的雞蛋還要危險啊！」

陽泉君簡直是嚇壞了，心慌意亂得毫無主意，只能反問道：「那——我該怎麼辦啊！」

呂不韋笑笑說：「我到是有一個好辦法，能夠讓您和華陽夫人的富貴永保千萬年，永遠不用擔心失勢！」

陽泉君大喜過望，急急忙忙起身，恭恭敬敬的請求呂不韋指點迷津。

呂不韋的計畫就是——讓華陽夫人趁著自己現在最得

寵的時候，認異人爲子！

這麼一來，「異人本來沒有國卻有了國，王后本來沒有兒子卻有了兒子」，日後華陽夫人就算失去了丈夫，可是只要異人一繼承王位，華陽夫人「母以子貴」，升格爲太后，自然還是有享不盡的榮華富貴，連帶的在華陽夫人「福澤廣布，雨露均霑」的情況之下，陽泉君自然也還是有過不完的好日子。

呂不韋又拚命吹捧異人，說他是一個非常賢能的人，可以說是安國君這麼多兒子中最賢能的，現在在趙國也交遊廣闊，受到當地達官顯貴們的一致讚揚——這一點在目前來說倒是眞的，因爲就在異人與呂不韋一拍即合，成爲合作夥伴之後，呂不韋就已慷慨拿出五百金交給異人，讓他改善自身處境，廣交賓客。

實際上，這五百金等於就是呂不韋所拿出的第一筆投資資金。

呂不韋還對陽泉君說，異人非常的重感情，也一直非常尊敬華陽夫人，目前雖然身居異國，卻經常因爲思念父親安國君以及華陽夫人而夜不能眠……

呂不韋強調，既然現在異人自願依附華陽夫人，對華陽夫人其實也是好事，倘若華陽夫人此刻願意拉異人一把，異人日後一定會知恩圖報。

陽泉君聽了之後，思考良久，不得不承認呂不韋這個看似突兀的計畫，事實上確有其可行性，而且一旦成功之後，確實可以造福很多人，可以說大家都能從中受益……

陽泉君愈想愈覺得呂不韋所提的實在是一個妙不可言的計畫。

擅於察顏觀色的呂不韋見陽泉君已經被說動了，馬上呈上厚禮，拜託陽泉君把異人從異鄉捎來的禮物和問候，轉呈華陽夫人，並請陽泉君幫忙去遊說華陽夫人，

把異人立爲繼承人。

呂不韋猜得一點兒也沒錯，華陽夫人長久以來一直爲了自己沒有兒子而苦惱，總擔心將來安國君一離開人世，當今太子繼承王位之後，自己的日子恐怕就會很難熬，如今聽了呂不韋這番提議，華陽夫人很快就認定這實在是一個非常聰明的計謀，於是就開始不斷的在安國君面前說異人的好話，說她聽很多人都讚美異人是多麼的賢能，如今在趙國又是多麼的有名望，還說她很想要異人作自己的繼承人，強烈要求安國君把異人設法從趙國接回來。

這樣過了一段時間，安國君終於同意了華陽夫人的要求，並與華陽夫人刻符爲信，約定要立異人爲繼承人，並給目前還在趙國、且一時還無法回國的異人送去很多錢財，還請呂不韋好好扶助異人。

這下子異人可眞是翻身了，在趙國聲名鵲起，頓時

成爲很多人爭相結交的對象，和過去備受忽視和淡漠的境遇相比，簡直不可同日而語。

而呂不韋在爲異人爭取到王位繼承權之後，也就高高興興的返回邯鄲，終日與異人飲酒作樂，廣交天下名流，安安心心的等著秦國的王位輪到異人來坐，到那個時候呂不韋一定就會獲得極爲可觀的回報。這一天的到來也許不會那麼快，但應該也不會太久，畢竟目前在位的秦昭王已經垂垂老矣。

有一天，異人又在呂不韋的住處與呂不韋一起喝酒，席間呂不韋讓自己的寵妾趙姬出來爲異人斟酒，誰知竟然就被異人給看上了。趙姬原本是邯鄲富豪之女，長得非常漂亮，又能歌善舞，自從跟了呂不韋之後，很得呂不韋的寵愛。

呂不韋沒想到異人居然會厚著臉皮向自己索要趙姬！這不是明擺著要橫刀奪愛嗎？

不過，工於心計的呂不韋向來很能控制自己的情緒，面對異人這種無恥的要求，他不僅表面上不動聲色，內心裡也已經迅速做好盤算……

他已經在異人身上一擲千金，投資了那麼多，一個女人還有什麼好捨不得的？如果現在不把趙姬送給異人，因此而惹惱了異人，不是等於就前功盡棄了嗎？那他以往那麼多的投資豈不是就拿不回來了？這怎麼可以！

況且——呂不韋突然還有一個十分大膽、甚至應該說是非常不道德的念頭——趙姬已經懷孕了！是剛剛才從大夫那兒證實的，如果現在把趙姬送給異人，如果日後趙姬生下的是男孩，那豈不就是未來的秦王了？

未來的秦王！呂不韋想到這裡，簡直是興奮難抑。這實在是太讓人激動了！他——呂不韋的後人，居然有可能當上未來秦國的國君！這麼豐厚的回收實在是超乎他

先前一切的想像！

於是，呂不韋再也沒有不快，反而是挺樂意的把趙姬火速就送給了異人。那個時候的女人猶如男人的財產，命運完全由男人所控制，既然呂不韋要把趙姬送給異人，趙姬也就毫無選擇的跟了異人。

趙姬臨行之前，呂不韋再三叮嚀她，千萬要小心隱瞞自己已經懷孕的事實。

秦昭王四十八年（西元前二五九年）正月，趙姬生下一個男孩。由於是在正月出生，所以被命名爲正（也有一種說法是「政」），而又因爲是在趙國出生的，所以也稱爲趙政，直到後來歸秦之後才從秦姓，更爲嬴政。這就是日後叱吒風雲的秦始皇。

趙姬生子以後，也就被異人立爲夫人，地位受到正式的保障。

不過，就在小趙政還不到十個月大的時候，無論是

趙政、趙姬、異人或呂不韋，都遭遇了一場極大的危機。

那是肇因於秦、趙失和，兩國撕毀盟約，展開戰爭。西元前二五九年九月，軍事實力較強的秦軍兵臨邯鄲，眼看邯鄲就要不保，這時，又氣又惱的趙王便想殺了異人，聊以解恨。幸好，一個向來與異人交情不錯的官吏提早把這個消息告訴了他，異人大爲驚惶，趕快奔告呂不韋，呂不韋立即拿出重金賄賂守衛城門的官吏，放他們倆一起逃出了邯鄲城，然後一路逃回了秦國。

當異人好不容易終於回國，並且首先要去拜見華陽夫人時，呂不韋爲了投華陽夫人所好，特意叮囑異人穿著楚國的服裝去拜見。這一招果然非常高明，華陽夫人一見到異人渾身上下都是楚國人的裝扮，非常高興，也感到非常窩心，笑著說：「我本是楚國人……」

也就是因爲這個緣故，華陽夫人替異人改名爲「子

楚」。

另一方面，當趙王得知呂不韋竟然帶著那秦國人質出逃時，極爲震怒，立刻就想殺掉趙姬母子，作爲報復。危難時刻，趙姬和孩子是靠著娘家人的保護，才僥倖活了下來。

秦昭王五十六年（西元前二五一年），昭王過世，太子安國君繼位，是爲秦孝文王。華陽夫人爲王后，子楚也順理成章的成爲太子。

這時，由於秦、趙之間的緊張狀態已經解除，關係又緩和下來，趙國爲表示善意，遂主動把趙姬和九歲的趙政送回到秦國。

秦孝文王想來也是福分不夠，他做了幾十年的太子，最盼望的就是能夠早日登基。沒想到，當他服喪一年期滿，正式登上秦國王位之後，居然在這個位置上僅僅只坐了三天，就隨父親也離開了人世！

這麼一來，呂不韋第一期的投資回收就提早到來——子楚，一個曾經是無人聞問的落魄公子，現在居然奇蹟般的繼承了王位，是爲秦莊襄王。

秦莊襄王也果然如呂不韋向陽泉君說過的那樣，是一個知恩圖報的人，他一即位，馬上起用呂不韋擔任相國，封爲文信侯，並且把洛陽十萬戶統統作爲食邑賞賜給了呂不韋。

秦莊襄王在位的時間也很短，三年之後也就過世了。於是，西元前二四七年，年僅十三歲的嬴政登上了秦國的王位，成爲一位少年君王。由於年紀還小，嬴政登基之後，所有政務都由母親趙太后和相國呂不韋來處理。

呂不韋官居相國，並獲得與名相管仲齊名的「仲父」尊號之後，成爲當時首屈一指也權傾一時的暴發戶。爲了累積聲望，淡化自己原本是生意人出身的「缺憾」（所

謂「士農工商」，古時候商人的社會地位是很低的），呂不韋還以大手筆招養門客三千，讓他們著寫見聞，打算要結集成書。這就是後來相當著名的《呂氏春秋》。

呂不韋在趙太后寡居之後，爲了投其所好，竟然弄了一個叫作嫪毒的人假充宦官，送進太后宮中。嫪毒很快便獲得太后的喜愛與信任，太后從此甚至根本無心於政務，而將所有政務都交給嫪毒去處理。嫪毒因此而崛起。朝廷中許多趨炎附勢的小人，眼看嫪毒得勢，也就爭相與他交往，久而久之，以嫪毒爲首的這個集團，被稱爲「后黨」，成爲一股新興的政治勢力，僅次於以呂不韋爲首的「呂黨」。

對於「呂黨」和「后黨」的囂張氣焰，少年嬴政不是沒有所覺，更不可能心悅誠服，但是他知道自己現在年紀還小，羽翼未豐，還不可能與他們抗衡，更不可能動手來收拾他們。於是，城府頗深的他，小心壓抑著自

己的不滿，表面上完全不動聲色，以免打草驚蛇，只是非常認眞的研讀《韓非子》等書，不斷的從中汲取智慧。

秦王八年（西元前二三九年），嬴政已經二十一歲，按照秦國的制度，第二年就要舉行加冠親政的儀式了。或許是突然感覺到嬴政已經長大，呂不韋和嫪毒多少都有些焦慮，因而竟不約而同都做出一些挑釁的行爲，其中向嬴政示威的意味相當濃厚；呂不韋把由門下三千賓客通力合作，剛剛完成的《呂氏春秋》掛在城門前，讓民眾糾錯，嫪毒更離譜，居然毫無分寸的分土封侯起來！兩人似乎都想提醒和警告嬴政，就算你快要親政了，但是可別忘了我們仍然是舉足輕重的人物，你最好不要輕舉妄動，別想和我們作對！

嬴政仍然沒有做任何不悅的表示，呂不韋和嫪毒遂因此放鬆了戒心，以爲嬴政這小子果然明白了我們的暗

示，想必是不會也不敢挑戰我們的勢力了。嫪毐甚至還對嬴政產生了輕視之心，同時還引發了一個更大逆不道的念頭。

秦王九年（西元前二三八年）四月，嬴政到秦故都雍城的新年宮舉行冠禮時，嫪毐居然乘機發動暴亂。但是嫪毐萬萬沒有想到嬴政竟早有戒備，立刻下令昌平君等人率軍鎮壓，活捉了嫪毐。五個月後，嫪毐慘遭車裂之刑，三族被誅，所有黨羽也全部都被梟首示眾。同時，爲了斬草除根，也爲了發泄長久以來所壓抑的怒氣，嬴政把母親趙太后與嫪毐所生的兩個男孩——實際上也就是他兩個同母異父的弟弟——也都殺了。「后黨」集團至此被徹底消滅。

看到嫪毐的下場如此之慘，呂不韋著實是嚇壞了。他也確實應該感到恐懼，因爲大家都知道嫪毐當初就是由他送進宮的，如今既然嫪毐被誅，這件事會不會牽連到自己？嬴政會不會繼續追究下去呢？

呂不韋感到陣陣的寒意，心想自己實在是太大意了！以至於錯看了嬴政！沒想到二十二歲的嬴政一出手就這麼重，又這麼的犀利！如果嬴政不肯善罷甘休，自己還能有活路嗎？

其實嬴政的確有過要趁這個機會同時一舉消滅「呂黨」的想法，但經過一番考量，他決定還是沉住氣，暫時按兵不動，假裝相信呂不韋那番連他也不知道嫪毒是一個假宦官的鬼話。一來是因爲呂不韋畢竟和嫪毒不同，呂不韋輔佐過先王繼位的事在秦國可以說是沒有人不知道，二來則是因爲呂不韋在經過這麼多年的經營之後，在秦國也有非常深厚的政治基礎，嬴政顧慮到萬一操之過急，恐怕反而不好，所以決定暫時放過呂不韋。

呂不韋就在這樣前景堪憂的情況之下，忐忑不安的又過了一年。到了秦王十年（西元前二三七年），已經親

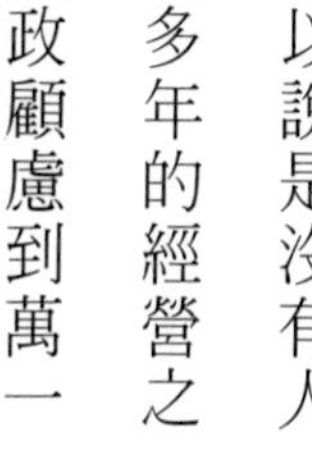

政一年多的嬴政覺得自己現在已站穩了腳跟，於是再度使出鐵腕，突然宣布免去呂不韋相國的職位，並且把呂不韋轟出咸陽，命呂不韋搬到他的封邑洛陽去！

呂不韋黯然離開了咸陽，從此改爲定居洛陽。

然而，很快的，嬴政就得到一個令他大感震怒的消息。原來，呂不韋居住在洛陽期間，關東六國君主居然經常派人到洛陽去向呂不韋請安！嬴政懷疑呂不韋是不是想藉此舉向自己證明，他仍然是一個廣受眾人敬重的人物？只要他願意，他還是有能力呼風喚雨，也隨時都還有機會東山再起？

爲了防止呂不韋與關東六國有所勾結，在呂不韋遷居洛陽之後大約兩年，也就是秦王十二年（西元前二三五年），嬴政決定要徹底除掉呂不韋。只不過，這一回嬴政並沒有親自動手，而只是派人給呂不韋送去一封措詞嚴厲的書信，信上說：「君對秦國有何功勞？卻封土洛

陽，食邑十萬。君與秦國有何血親？卻號稱仲父，妄自尊大。快帶家屬滾到西蜀去住！」

呂不韋受到如此凌辱，知道嬴政是不會放過他了，自己勢必難逃一死，無奈之餘，只得服毒自盡。呂不韋傳奇的一生，至此畫上一個悲慘的句點。在呂不韋死後，嬴政還嚴懲了他的家人和賓客，徹底消滅了「呂黨」。

現在，再也沒有任何人、任何集團可以對抗嬴政的君權了。嬴政終於可以集中全部的心力，展開兼併六國，統一天下的大業。

國家圖書館出版品預行編目資料

東周列國誌：英雄輩出的年代／馮夢龍原著；
管家琪改寫；陳維霖繪圖 .—— 初版 .—— 台
北市：幼獅, 2007【民 96】
面；　公分 .——（典藏文學：13）

ISBN 978-957-574-624-7（平裝）

859.6　　95022656

東周列國誌
——英雄輩出的年代

・典藏文學・

定價＝200 元
港幣＝67 元
初版＝2007.01
四刷＝2014.01

書號 987163
行政院新聞局核准登記證
局版台業字第○一四三號

欲利用本書內容者，請洽
幼獅公司圖書組
(02-2314-6001#236)
（若有缺頁或破損，請寄回更換）

幼獅樂讀網
http：//www.youth.com.tw
e-mail：customer@youth.com.tw

印刷＝崇寶彩藝印刷股份有限公司

改　寫＝管家琪
原　著＝馮夢龍
繪　圖＝陳維霖
出版者＝幼獅文化事業股份有限公司
發行人＝李鍾桂
總經理＝王華金
總編輯＝劉淑華
主　編＝林泊瑜
責任編輯＝周雅娣
美術編輯＝裴蕙琴
公　司＝ 10045 台北市重慶南路 1 段 66-1 號 3 樓
電　話＝ (02) 2311-2832
傳　真＝ (02) 2311-5368
郵政劃撥＝ 00033368

門市
●松江展示中心：10422 台北市松江路 219 號
電話：(02) 2502-5858 轉 734　傳真：(02) 2503-6601
●苗栗育達店：36143 苗栗縣造橋鄉談文村學府路 168 號（育達科技大學內）
電話：(037) 652-191　傳真：(037) 652-251

幼獅文化公司／讀者服務卡／

感謝您購買幼獅公司出版的好書！
爲提升服務品質與出版更優質的圖書，敬請撥冗塡寫後(免貼郵票)擲寄本公司，或傳眞(傳眞電話02-23115368)，我們將參考您的意見、分享您的觀點，出版更多的好書。並不定期提供您相關書訊、活動、特惠專案等。謝謝！

基本資料

姓名：________ 先生／小姐

婚姻狀況：□已婚 □未婚　職業：□學生 □公教 □上班族 □家管 □其他

出生：民國____年____月____日　電話：(公)________(宅)________(手機)________

e-mail：________ 聯絡地址：________

1.您所購買的書名：東周列國誌：英雄輩出的年代

2.您通常以何種方式購書?：□1.書店買書 □2.網路購書 □3.傳真訂購 □4.郵局劃撥 □5.幼獅門市 □6.團體訂購 □7.其他

3.您是否曾買過幼獅其他出版品：□是，□1.圖書 □2.幼獅文藝 □3.幼獅少年 □否

4.您從何處得知本書訊息：□1.師長介紹 □2.朋友介紹 □3.幼獅少年雜誌 □4.幼獅文藝雜誌 □5.報章雜誌書評介紹________報 □6.DM傳單、海報 □7.書店 □8.廣播(　　　) □9.電子報、edm □10.其他________

5.您喜歡本書的原因：□1.作者 □2.書名 □3.內容 □4.封面設計 □5.其他

6.您不喜歡本書的原因：□1.作者 □2.書名 □3.內容 □4.封面設計 □5.其他

7.您希望得知的出版訊息：□1.青少年讀物 □2.兒童讀物 □3.親子叢書 □4.教師充電系列 □5.其他

8.您覺得本書的價格：□1.偏高 □2.合理 □3.偏低

9.讀完本書後您覺得：□1.很有收穫 □2.有收穫 □3.收穫不多 □4.沒收穫

10.敬請推薦親友，共同加入我們的閱讀計畫，我們將適時寄送相關書訊，以豐富書香與心靈的空間：

(1)姓名________ e-mail________ 電話________

(2)姓名________ e-mail________ 電話________

(3)姓名________ e-mail________ 電話________

11.您對本書或本公司的建議：

廣 告 回 信
台北郵局登記證
台北廣字第942號

請直接投郵　免貼郵票

10045 台北市重慶南路一段66-1號3樓

幼獅文化事業股份有限公司收

請沿虛線對折寄回

客服專線：02-23112832分機208　傳真：02-23115368
e-mail：customer@youth.com.tw
幼獅樂讀網http：//www.youth.com.tw